浜辺の銀河

崖っぷち町役場

川崎草志

祥伝社文庫

第一話　一人八役

お父さん、お母さん！　私、今日も元気にやってるよ！

私は、レンゲソウの咲く畑道をスクーターで走った。

ああ……ホントにスクーター通勤にはいい季節になったなあ。

私は、レンゲ畑が大好き。

私の住む南予町《なんよちょう》は、愛媛県の南部にある。いわゆる過疎《かそ》の町だ。ちょっと前に、消滅可能性都市って言葉が世間の話題に上がったけれど、南予町は、そのリストの上位に位置している。

去年は、前町長のがんばりや、今の本倉《もとくら》町長の無茶のおかげで人口が少し増加した時期もあった。しかし、本倉町長の無茶は、やっぱり無茶だったようで、また減少に転じた。

ひょっとして、このまま住民がいなくなったら、町役場もなくなっちゃったりしない？

ああ……高校を卒業して町役場に入って三年目なのに、失業しちゃったりして……。

いや、自分のことばかり考えるんじゃなく、町役場の職員として、何か行動しないと！

私は、スクーターのアクセルを緩《ゆる》めた。

沿道の空き地の脇に停《と》まっていた軽トラの運転席で、テッちゃんが手を上げる。

私は軽トラに向かって「テッちゃん、おはよう」と大きな声で挨拶《あいさつ》した。

「ああ……結衣《ゆい》ちゃん、おはよう」

えっ？

テッちゃん、挨拶は返してくれたけど、何か元気がなさそうな感じがした。

テッちゃんこと菊田鉄雄《きくたてつお》君は、私の幼い頃からの友だちだ。私が住んでいた松山《まつやま》の実家から、ここ南予町のお祖母《ばあ》ちゃんの家に帰省していた夏休みや冬休みの間、よく一緒に遊んでいた。

高校を出たテッちゃんは、お父様の雑貨店を手伝いながら、山間地の家に軽トラで移動販売もしている。さらに消防団とか青年会とか、地域を支える活動もしているし、話によると、卒業した小学校、中学校の同窓会役員としても活躍しているようだ。

田舎《いなか》だと、住民は一人何役もこなしている。そうしないと、地域が回らないからだ。その中でもテッちゃんは、がんばっている方だ。本当に立派だと思う。

それなのに、さっきの浮かない顔は、ちょっと気になった。

引き返してみようかと思ったけど、それもお節介なようで、そのまま、空き地の脇を過ぎた。

……気のせいかな……

気になりつつも、私は町役場の駐輪場にスクーターを滑り込ませた。

駐輪場に、制服姿の三崎紗菜《みさきさな》さんが立っていた。

紗菜さんは私の先輩で、南予町で一番の美人だ。多分、愛媛県でも五本の指に入る。

その紗菜さんがちょっと眉《まゆ》を寄せていた。

……あ……なにか、既視感《きしかん》が……

私は、スクーターを紗菜さんの傍《そば》に駐《と》めた。

「おはようございます。……ひょっとして本倉町長の件ですか」

紗菜さんは、頷《うなず》いた。

……ああ、やっぱり……

本倉町長は、町おこしを公約に選挙戦に打って出た人だ。当選後、自作のゆるキャラで南予町をアピールしようとしたり、町全体をテーマパークにしようとするなど、いろいろな振興策を思いついて提案しているが、これは、ちょっと……これも、ちょっと……というようなものばかりで、口の悪い人たちは、本倉町長のことを陰《かげ》でボンクラ町長って呼んでいる。

「多分、午前中に推進室に行かれると思う」

推進室とは、私が町役場に入って二年目に配属された部署だ。前町長たっての希望で作られた部署だが、何をするための部署か発表される前に、激務がもとで前町長は亡くなってしまった。それでまあ、町役場では、日常業務以外に起こったトラブルの処理係みたいな存在になっている。

「大丈夫ですよ」私はにっこり笑った。「本倉町長、変な提案をしてみんなを振り回しますけど、結構、人はいいと思ってます。なんとかなりますって」

紗菜さんはびっくりしたように私を見た。

「結衣ちゃん、強くなったね」

そりゃね。

狸《たぬき》みたいなおじさんや、変人で傍若無人《ぼうじゃくぶじん》で面倒くさがりなお兄さんと推進室で一年もまれていれば、強くなりますって。

私は、紗菜さんにお礼を言うと、ロッカー室で制服に着替えた。

推進室のドアの前に立つと、中から「1五桂《けい》」という声が聞こえてきた。

……あ、また既視感が……

いやいや、これも既視感じゃない。

一年前と、同じだ。

私は、「おはようございます」とドアを開けた。

やっぱり、朝から北《きた》室長と一ツ木《ひとつぎ》さんが将棋《しょうぎ》を指している。

「おはようございます」

室長席で北室長が狸顔の笑みを返してくれた。

北室長のフルネームは北耕太郎《こうたろう》さんという。どこから見ても普通のおじさんで、あと数年で定年を迎える。地元の高校を出てすぐに南予町の町役場に入ったが、ずっと庶務畑《しょむばたけ》を歩んでいたそうだ。それが、前の町長が推進室を作った時に、室長に据《す》えられた。ご実家は農家で、どこかの工場に勤《つと》めている息子さんと農業もやっているようだ。兼業農家ってやつね。小規模ながらも、出荷する果物や野菜は近所の「道の駅」でずいぶん評判らしい。

もう一人の同僚の一ツ木幸士《こうじ》さんの方は、読んでいる本から目も上げない。

一ツ木さんとは、もう一年近く一緒にこの推進室で働いているけど、経歴はほとんど判《わか》らない。アメリカの大学を追い出される時に前の町長と知り合い、それが縁で町役場の嘱託《しょくたく》職員になったらしい。ちょっとイケメンで背も高く、頭もいいようだが、問題はその性格だ。変人で狭量《きょうりょう》で傍若無人の上に面倒《めんどう》くさがりで、私はこの一年間、振り回されっぱなしだった。

北室長が「同銀」と言いながら、自分の机の上に置いた将棋盤の駒を動かした。

二人は暇な時、いつも将棋を指している。

指すと言っても、室長席に置かれた将棋盤の駒を動かすのは北室長だけだ。一ツ木さんは、その将棋盤を見ないで対戦している。

すごいと言えばすごいんだけど、もうすぐ始業時間ですよ。

それにしても、何か、一年以上、変わらない風景だなあ。

「あのう。午前中に本倉町長がこちらに来られるそうです」

眉を顰《ひそ》めた一ツ木さんがちらりと私を見た。

「面倒くさいな」

私は、「ですから、そういうことは、ご本人の前では言わないで下さいね。せっかく紗菜さんが教えて下さったんだから」と一ツ木さんに念を押すと、自分の席についた。

信じられないことに、三崎紗菜さんは、この一ツ木さんに心を寄せているようだ。それでいろいろと心配して本倉町長の不穏《ふおん》な動きを事前に教えてくれるのだけど、この一ツ木さんのどこがいいんだろ。

「そういうことなら、今朝は、将棋盤をかたづけた方がいいようですね」

北室長がそう言いながら将棋盤を棚に移動させたまさにその時、推進室のドアがノックもなしに開かれた。

「やあやあ」

満面の笑みで本倉町長が入ってきた。

……危なかった……。紗菜さん、ありがとう！……

「何かご用でしょうか」

さすが、狸の北室長、動揺することもなく来客用のソファを勧《すす》めた。

いつもの派手なソフトスーツを着た本倉町長は、「いやね、例の町おこしの鯉《こい》のぼりイベントなんだが」と身を乗り出した。

ああ、そのことか。

昨年末、本倉町長の発案で、町を挙《あ》げて鯉のぼりイベントを開催しようということになり、町民に使わなくなった鯉のぼりの寄付を呼びかけていた。

町議会も、町長が出してくるいつもの突拍子《とっぴょうし》もない振興策よりはましかと、特に反対はしなかったようだ。

「それで、鯉のぼりは集まったのでしょうか」

「うん。十分、集まった。それでね、イベントの運営を推進室にお願いしようと思ってね」

「で、そのイベントとはどのような」

「それを推進室に考えてもらいたいんだ」

ええっ!?

イベントの内容を決めないうちに鯉のぼり集めちゃったの?

「余所《よそ》では『鯉のぼり架《か》け渡し』とか、川の中で泳がせるとか、いろいろあるじゃないか。まあ、そうしたものを参考に観光客がわんさか来るようなものを作ってほしいんだ」

鯉のぼりを川に入れるというのは初耳だけど、『鯉のぼり架け渡し』は、川や池の上にワイヤーロープを張って、何十もの鯉のぼりを泳がせるというやつかな。

「そうした催《もよお》しは多くの自治体がやっていますので、集客につなげるものはちょっと難しいかと」

「それじゃあ、南予町オリジナルのイベントを考えてくれ」

本倉町長の提案に、さすがの北室長もびっくりしたように目を瞬《しばたた》かせた。

「五月の節句にはあと一ヵ月ちょっとしかありませんが」

「だから、急いで頼むよ。寄付で頂戴《ちょうだい》した鯉のぼりは総務課から推進室に回すようにと言っておいたから、立派なイベントに仕上げてほしい」

　本倉町長はソファから立ち上がると、「ああ、忙しい」とか言いながら推進室を出ていった。

　あ……本倉町長、投げ出したんだ。

「イベントか」

　一ツ木さんが馬鹿にしたように鼻を鳴らした。

「イベントですねえ」

　北室長も小さなため息をついた。

　一年一緒の職場にいて判ったことだけど、北室長と一ツ木さんの性格は正反対だ。町役場職員として南予町にどう関わっていくかというスタンスも全く違っている。

　一ツ木さんは、南予町さえ生き延びればいい、住民獲得戦争に敗れる他の自治体なんか消えてしまってもいい……と考えている。

　それに対して北室長は、たとえ時代の流れで南予町が消えることになったとしても、それはそれでしかたがない、そうなるのなら、それまでの間、なるべく住民たちが幸福に暮らしていければいい……と考えているらしい。

　ただ、二人に共通しているのは、多くの自治体が消滅するのはしかたがないと考えている点だ。

……一ツ木さんは他の町、北室長は自分の町……こういうの、なんてったっけ……そう！コインの裏表ってやつだ！……

私としては、どっちの考え方にも頷くところがある反面、どうしても納得はできない。南予町が消えるのも嫌だし、他の自治体がなくなってもいいなんて冷たすぎる。

一ツ木さんの話によると、前町長は、そうした二人とは違う何かを提案できないかと考えて、私を推進室に入れたんだそうだ。

一ツ木さんにそのことを聞いてから、何か別の道はないかと考えているけど、全然思いつかない。

でも、前町長のお考えはともかく、町役場職員として何かしないといけないとは思っている。

「あのう……」私は小さく手を挙げた。「鯉のぼりイベントは、私にやらせてくれませんか」

北室長はびっくりしたように私を見た。

「それはかまいませんが、鯉のぼりイベントはほとんどの県で複数開かれています。その中で観光客が来てくれるような目新しさを打ち出すのは、そうとうに難しいと思いますが」

一ツ木さんがまた鼻を鳴らした。

「どこも、雛祭《ひなまつ》りに、鯉のぼりに、ゆるキャラに……。横並びのイベントだらけでうんざりする。原因の一つが、どこかがやると、『なぜ、うちではやらないんだ』という人の存在だ。やらないと役所がサボっていると思われる。そう思われるくらいなら当たる確率は少なくてもやろうということになるわけだ。うちの場合は本倉町長の暴走だが」

確かに、前町長が仰《おつしや》っていたように、『町おこしは教育と医療と仕事が基本』だと私も思う。

将棋ばかりしているように見えながら、一ツ木さんは企業を誘致《ゆうち》したり、防災等にも目を配っている。北室長も住民の暮らしを守るために、南予町に移住してきた人、南予町を去る人に親身になって相談に乗っていることも知っている。

しかし、『教育と医療と仕事』って、地道だけどものすごく難しいことだ。

まずは医療。愛媛県でもドクターヘリの運用が始まったから、急患《きゆうかん》に関しては、格段に状況は良くなるんだろうけど、その後の入院や通院には八幡浜《やわたはま》か宇和島《うわじま》の病院を頼るしかない。

次に、教育。南予町には高校がない。だからといって、少子化・過疎化のご時勢、簡単に新設できるものではないだろうし、ましてや大学なんてとても無理。最後に仕事。一ツ木さんが熱心に企業を誘致しているけど、一度にたくさんの仕事が生まれるわけじゃない。

「町おこしの基本は判ってますが、他にもできることがあるのなら、なんでもした方がいいんじゃないですか。それに、子どもの成長を祝うイベントだって広い意味では教育じゃないのでしょうか」

反論した私に、北室長がにっこりと笑った。

「私も、イベントが全部駄目だとは思わないですよ。やり方によってでしょうが、イベントで集まった人たちの間に繋《つな》がりができることもあります。それはそれで素晴らしいことだと思います。……それでは、鯉のぼりイベントのことは沢井《さわい》さんにお任せします。困ったことがあったら、私に相談して下さい」

一ツ木さんはちらりと私の顔を見て、「ま、がんばるんだね」と言うと、また読書に戻った。

それから三日間は、ほとんど寝ないで鯉のぼりイベント案を考えた。

それなりにいいものができたと思ったが、どうなんだろうな。

今、その『鯉のぼりイベント提案書』を北室長に読んでもらっている。

「どうでしょうか」

室長席の前に立った私は、ドキドキしながら答えを待った。

「素晴らしいと思いますよ。廃校になった分校で開くのですね」

南予北分校は先々代の町長の時に廃校になった。前町長は、その廃校をなんとか教育の場として存続させたかったようだ。

前町長の呼びかけの甲斐《かい》もあって、広島や松山の進学塾が春、夏、冬の受験合宿に使ってくれている。ただ、五月の連休中には、なにも行事が入っていない。

「前の町長……本当に教育を大切にされていたのですね」

「その通りです。廃校が決まると、先々代の町長はすぐに二宮金次郎《にのみやきんじろう》像や校歌を刻《きざ》んだ歌碑《かひ》を校舎裏に片付けさせました。当時まだ町議だった前町長が『廃校になるなり撤去とはどういうことだ。卒業生の悲しみを考えていないのか』と激怒《げきど》して、自費で業者を雇ってまた校庭に引っ張り出させた……そんなこともありました」

「そうだったのですか」

北室長は頷いた。

「町議や卒業生といざこざになるのを避けた先々代の町長が見て見ぬ振りで不問に付した

ために大事にはなりませんでしたが……。それはともかく、前の町長の思い入れのある場所ですから、きっとうまくいきますよ」

北室長に励《はげ》まされた私は、自分の席に戻った。

ともかくも私の鯉のぼりイベントのアイデアは、北室長に承認された。でも、実行に移すにはいろいろと越えなくちゃいけない壁がある。

第一、使える予算は予備費のほんの一部。雀《すずめ》の涙だ。つまり、イベントを実現するには、住民の方々の協力が絶対に必要となる。といっても、三年前まで松山市民だった私に、それほど大きなコネはない。

……やっぱり最初に相談するのはテッちゃんかなあ……

電話をかけたら、消防団の屯所《とんしょ》（詰所）で会おうということになったので、私は、終業後、スクーターで向かった。

「こんにちは」

ドアを開けて私は屯所の中を見た。

テッちゃんは、部屋の奥で消防団の先輩である清家浩二《せいけこうじ》さんと話をしていた。今朝と同様、何か深刻そうな表情だ。

清家さんは、まだ三十歳くらいだけど、建設会社に勤めながら消防団など地域を支える活動をまじめにやっている。

寡黙《かもく》な人なので集会で発言するようなことはほとんどないが、住民からの信頼は篤《あつ》く、町議に推《お》す人も多い。清家さんは「器《うつわ》じゃありませんから」と断わっているらしいが、将来、若手議員のリーダー林宏也《はやしひろや》さんと清家さんがタッグを組んで、町長、町議会議長になってくれたら、南予町は変わるんじゃないか……なんて言っている人もいる。

屯所に入ってきた私を、清家さんは「ああ……沢井さんのところの……。いらはい、何か用？」と迎えてくれた。

「あの……何か取り込み中でしたらまた後で」

「いや、入ってもらってかまわない。むしろ、役場の人にも聞いてもらいたい話だ」

清家さんに言われて、私は靴を脱いだ。

「テッちゃん……何かあったの？」

最初は黙っていたテッちゃんだったが、ぽつりぽつりと話し始めた。

「俺……山間《やまあい》の集落に軽トラで移動販売してるだろ。曜日を決めて各集落を回ってるんだけど、火曜日の販売で走ることになっている経路に、もうすぐ人がいなくなるんだ」

テッちゃんは、窓の外に見える北の山々を指さした。

南予町は三方を広大な山地に囲まれていて、それぞれの山奥深くにも集落がある。ほとんど行ったことはないけど、南予町の地図に住民構成を記載する作業を続けていた私は、平野部からだいぶ離れた山奥にも人が住んでいるんだと驚いた記憶がある。

「みんないなくなっちゃうの？」

「ああ。火曜日に回っている経路上には親父が若い頃には三つの集落があった。でも、そこに住んでいた人がゆっくり減っていって……ここ十年はもう、次々にいなくなってしまった。その最後の一軒に住んでいたお婆《ばあ》さんが、宇和島のお孫さん夫婦の家に行くことになった」

私は南予町の地図を思い浮かべた。

確かに、北の山間地では、この一年で二軒が空き家になった。地図を作り始めた一年前には、まだ三世帯が住んでいたのに……。

「そのお婆さん、一人で集落を守っていたんだ……」

「結衣ちゃんは、南予町の平野部に住んでいるから気がつかないかもしれないけど、山間地は集落ごとずいぶん消えている。特に北の集落はね」

「集落の人たちはどこに？」

「宇和島、八幡浜、松山、大阪……いろいろだよ。お年寄りだけで住むのは厳しい」

「知っている人がいなくなるのは、さみしいね」

「それだけじゃないよ」テッちゃんは頭《かぶり》を振った。「俺は、なんとか自分の生まれた場所で生活しようとしているお年寄りを支えたいと思っているのに、結局、結果は同じだったんだって……」

そういうことか。

今朝、テッちゃんが元気がないように見えたのはそれが原因なんだ。思いあまって清家さんに相談してたんだ……。

腕を組み、じっとテッちゃんの話を聞いていた清家さんが、初めて口を開いた。

「テツよ……。戦《いくさ》は勝ち戦だけじゃない」

「そんなことは、判ってますよ」

吐き捨てるように言ったテッちゃんに、清家さんは微《かす》かに首を傾《かし》げた。

「なら聞くが、テツの戦が仮に負け戦になるとして……お前は戦を止《や》めるのか」

その言葉にテッちゃんは、むっとしたように顔を上げた。

「止めるわけないでしょ。俺が移動販売を止めたら、山の中に住むお年寄りが困る」

そうだよ。

一所懸命《いっしょけんめい》地域のためにがんばっても、報《むく》われることはないかもしれない。だからといって、誰かが手を引けば、一気に駄目になる。例えば、ここでテッちゃんが移動販売を止めれば、まだ残っている東や南の集落のうちのいくつかはあっという間になくなるだろう。

「移動販売だけじゃない。ただでさえ団員が少ない消防団からお前がいなくなったら、俺たちも困る」

清家さんの言葉に私ははっと気づいた。

南予町の人は一人何役もやりながら、がんばっているんだ。そして、その役から一つでも降りたら地域は大きなダメージを受けるんだ。

しばらく黙っていたテッちゃんは、きっと天井を睨《にら》んだ。

「俺、もう少し自分の戦を続けてみます」

テッちゃんの言葉に、清家さんは微笑《ほほえ》んだように見えた。それは一瞬だったから、私の見間違いかも知れないけど。

自分の戦か……。

一ツ木さんは、推進室での仕事を住民獲得戦争と呼んだ。「戦争」という言葉を聞いた時、なにかあまりいい気分じゃなかった。しかし、清家さんやテッちゃんの言う「戦」には、実際に地域を支えてきた人だからこその重みがあった。

私はちょっと感動した。

ああ、テッちゃんも清家さんも、なんか格好《かっこ》いい……。

特に清家さん、一ツ木さんと同じ年代のようだけど、とてもそうは見えない。

「そうか」

頷いた清家さんはまたちょっと微笑んだように見えた。今度も私の気のせいかもしれないけど。

テッちゃんは、私の方を見て、「それで、結衣ちゃんは何の用?」と聞いてきた。

「あ、そうだった。五月の連休中、町役場で鯉のぼりのイベントをするんだけど、私がその担当者になったの」

テッちゃんが目を瞬かせた。

「へえ、結衣ちゃんも大事な仕事を任せられるようになったんだ」

「鯉のぼりや竿《さお》は本倉町長が南予町の人たちから寄付してもらったらしいんだけど、竿を立てる支柱《しちゅう》を埋めたりする予算がなくて……。人手もなくて……」

テッちゃんがにやりと笑った。

「それで、消防団や青年会に協力してほしいと……」

「そう」私は、テッちゃんに手を合わせた。「お願い。消防団や青年会の人が自分の仕事で忙しいのは判っているよ。判っているんだけど……。もちろん、私、がんばる。鯉のぼりの幟竿《のぼりざお》を取り付ける支柱を埋める穴は、役場の休みの日に全部掘っておくから」

「俺はやるよ」テッちゃんは、清家さんの方を振り返った。「コウさん、どうでしょう」

「鯉のぼりか……。いいな。で、イベントはどこで開くつもりだ」

「南予北分校です」

「分校……」

清家さんの顔に、一瞬、翳《かげ》が差したような気がした。

「何か?」

清家さんは首を振った。

「いや、なんでもない。作業内容と予定を後で知らせてくれ。消防団と青年会と自治会の協力は俺がとりつける。あと、支柱の穴だが、鯉のぼりが風に煽《あお》られることを考えると、かなり深く掘らないといけない。結衣ちゃんじゃ無理だ。うちの会社から小型のパワーショベル借りて俺が掘ってやる」

「本当ですか? お願いします」

私はうれしさのあまり、飛び上がりそうになった。

人望のある清家さんが話してくれれば、たくさんの人が協力してくれる。一番心配していた問題が、一瞬で解決した。それにパワーショベルまで出してくれるなんて!

「テツ、明るいところまで結衣ちゃんを送ってやれ」

私とテッちゃんは分団屯所を出た。

私の代わりにスクーターを押しながら、テッちゃんが、「がんばろうな」と言ってくれた。

「コウさんって、かっこいいね」

テッちゃんは頷いた。

「あの人、家長だし、建設会社の社員で、消防団員で、青年会員で、自治会の役員の上に、ご両親の農作業を手伝いながら、地区の水路整備委員までやっている。すごい人だよ」

「テッちゃんも、お店やって、消防団や青年会、それに学校の同窓会の役員もやってるでしょ」

「俺なんかまだまださ。コウさんは、男の俺でも憧《あこが》れる。奥さんはコウさんの幼なじみだったけど、押しかけ女房だったらしいよ」

「なんとなく判る。コウさんって、自分からプロポーズなんかしそうにないもんね。……そういえば、ちょっと気になったんだけど、鯉のぼりイベントの話をした時、コウさんの顔が一瞬、曇《くも》ったような気がした」

「結衣ちゃんもそう思った？　コウさん、めったに感情を顔に出さないのに」

「テッちゃんも気づいたんだ」

「あ……」

テッちゃんが立ち止まった。

「どうかした？」

「思い出した。コウさん、南予北分校の卒業生だったんだ」

「えっ⁉ それじゃあ、分校でイベントを開くと聞いて表情が曇ったのは……」

その時、私も北室長の話を思い出した。廃校が決まって、すぐに二宮金次郎像や校歌を刻んだ歌碑が校舎裏に片付けられたことを、卒業生たちは深く悲しんだって。そして、まだ町議だった前町長が激怒したって……。

「何かあるのかも」

私が卒業した松山の幼稚園、小学校、中学校、そして高校は幸《さいわ》い今も変わらずにある。自分の母校が廃校になった経験はない。だけど、もし、自分の母校がなくなるとしたら自分が育ってきた場所……故郷の中でも本当に大切な所がなくなったと思うだろう。

「思い出の母校に手を入れられるって聞いて、コウさん、どう思ったんだろ」私は踵《きびす》を返した。「コウさんに聞かないと」

「待てよ、結衣ちゃん。仮にコウさんに何か思うところがあっても、自分の不満を口にする人じゃないよ」

「私……どうしよう」

「ともかくやろうよ。鯉のぼりを立てるくらいそんなに悪いことじゃないと思う」

……そうなんだろうか……

私は肩を落とした。

前の町長が今の私を見たら、どう思うのだろうか。

鯉のぼりイベント開催の三週間前になった。今日は廃校のグラウンドの周りに鯉のぼりの幟竿を立てる日だ。

ここのところ変わりやすい天気が続いていた。今日も雲がかなり出ている。ただ、天気予報によると雨にはならないようだ。

私は、元分校の裏にある駐輪場にスクーターを駐めた。

早朝からの作業は、清家さんの働きかけで消防団や青年会の人たちがやって下さることになった。土曜日なのに本当にありがたい、せめて私は一番乗りして皆さんを迎えようと思っている。

あれ？

グラウンドにもうトラックとショベルカーが出ている。

私はグラウンドを見渡した。

清家さんがいた。

清家さんは、二宮金次郎像に背を預け、腕を組んでいた。俯《うつむ》き、目を瞑《つむ》っているようにも見える。

何か深刻そうな雰囲気《ふんいき》だったので、私は声をかけることができず、木立《こだち》の陰《かげ》に身を潜《ひそ》めた。

清家さんは、ふと顔をあげると、ゆっくりと、まるで何かを噛《か》みしめるようにグラウンドを横断していく。普段は背筋を伸ばし、真っ直《ます》ぐ歩く人なのに、今日は背を丸めている。そして、清家さんは、そのまま端まで歩き、立ち止まると、うな垂《だ》れて立ち尽くしていた。

私はそっと清家さんに近づいた。

でも、声がかけられない。

清家さんが顔を上げ、私を振り返った。

「俺は、グラウンドに描かれた×印のところに穴を掘ればいいんだな」

突然、聞かれてびっくりした。

清家さん、背を向けていても私が近寄ったことに気づいていたんだ。

「はい……。でも、あのう……。ここ、コウさんの母校だったって後で聞いて……。鯉のぼりイベントが終わっても支柱はずっと残ってしまいます。イベントなんかで分校の姿を変えることをコウさんにお願いしてしまいました。……あの……すみません」

清家さんは、いつもの無表情なまま首を振った。

「俺は、別に気にはしていない。確かにここは、俺の母校だ。だから、手を入れるのなら、俺がやるべきだ。なんなら、×印のところだけじゃなく、一列丸ごと掘ってやってもいい」

私は慌《あわ》てて手を振った。

「いえいえ。水道管や配水管なんかの場所もあるので、白い×印のところだけでいいです。あと、赤い×印のところは……その……」

私は五メートルほど離れた場所を指さしたが、続く言葉が出せなかった。

「何かあるのか」

「……あのう。昨日、準備の進捗《しんちょく》を本倉町長に報告した時、開会式で本倉町長が竿立てイベントをやろうって言い出しまして……」

「竿立てイベント?」

「鍬《くわ》入れ式とかありますよね。あれみたいに、お客さんの前で、パワーショベルでドカって土をどけて、そこに本倉町長が支柱を立てるパフォーマンスをしたいって言うんです。きっと盛り上がるぞって……。今日もパワーショベル出していただいたのに、当日、そんなことまでお願いできないですよね……」

私の顔は厚かましいお願いの申し訳なさで真っ赤になった。

今度こそ、清家さんに怒られると思った。

しかし、清家さんは全く顔色を変えず、「つまり、開会式の時にもう一度、パワーショベルを持って来ればいいんだな。了解した」と言ってくれた。

私は、もう、どうお礼を言えばいいか、どう謝ればいいかも判らず、ただただ深く頭を下げた。


そして、五月の連休初日。鯉のぼりイベントの開催日だ。

幸い、空には雲一つない。

天気予報によると、連休期間中も雨は降らないようだ。

本当ならこうしたイベントは町議会の正式な承認が必要だった。でも、町議会のボスの山崎孝一《やまざきこういち》さんや若手リーダーの林さんたちが町議会の議員さんを説得してくれ、消防団や青年会、自治会の人たちも作業を手伝ってくれて、なんとか形になった。

グラウンドの東西、南にずらりと幟竿が立ち、それぞれで吹き流しや鯉のぼりが舞い、矢車が回っていた。

もうすぐ開場だ。

「へえ、ちゃんとした形になってる」

隣に立った一ツ木さんが、意外そうな口調で言った。

その時、町役場の公用車が駐車場に滑り込んできた。

まあ、公用車と言っても、大都会のお偉いさんが乗るような黒塗りの高級車じゃなくて、商用バンだけどね。

運転席から本倉町長が、そして、助手席からすごい美人が降りてきた。

見たことない人だけど、誰だろ。

本倉町長は、ぐるりとグラウンドを見渡すと、私に目を留めた。

「沢井さん、準備はどうかね」

「まあ、なんとか……」

本倉町長、あまり会場の出来栄えはお気に召していないようだ。確かに他の自治体がやっている何百匹もの鯉のぼりの舞う『鯉のぼり架け渡し』みたいなものに較《くら》べれば、地味かもしれない。ただ、校庭の周囲を三十本近い鯉のぼりが立っているだけだからね。

本倉町長と一緒に来た女性が「はじめまして」と頭を下げた。

「ああ、失礼した。私の役場の推進室に所属している沢井結衣と一ツ木幸士です。こちらは、今年度から、お隣の伊達町《だてちょう》の副町長になられた葉山怜亜《はやまれいあ》さんだ」

ええっ⁉

すっごい美人なのはともかく、どう見ても三十前にしか見えないのに、伊達町の副町長？ その美人が名刺を差し出しながら、魅力的な笑みを浮かべた。

「葉山怜亜と申します。総務省より今年度から出向《しゅっこう》して参りました。出向といっても伊達町に骨を埋《うず》める覚悟で参りましたので、よろしくお願いします。今日は、本倉町長がご提案された地域イベントを見学させていただきたく、参りました」

ああ、そういうことか。

「すごい美人の上に、独身でいらっしゃる。伊達町の若者は目が釘付《くぎづ》けでしょうな」

ハッハッハと笑っているけど、本倉町長、それ、セクハラ発言ですって……。

「ご案内いただけますか」

葉山さんに促《うなが》されて、私は近くの幟竿の一つを撫《な》でた。これは、町議会若手リーダーの林さんが、山から切り出してくれた立派な竹だ。

「実は、この幟竿の一つ一つにオーナーがいるんです」

この幟竿には名前の書いたプレートが括《くく》りつけられてある。

「オーナー？」

「はい。誰でも最初に五千円出していただければ、お子さんが小学校を卒業するまで、この幟竿と鯉のぼりや吹き流しや矢車はその子のものです」

葉山さんは、にっこりと笑った。

「なるほど。レンタルにしろ南予町に何か持ってもらっていれば、繋がりが続きますよね」

葉山さんの言葉に驚いた。

これは、もともとは、受験合宿に来た子供たちに植林した木を所有してもらうことで、南予町に自分だけの物を持たせる……という一ツ木さんのアイデアを借用させてもらったのだけど、一瞬で、その真意を見抜かれた。

さすがに官僚、この人、すごく頭がいい。

「はい。そのため、古くからの住民でも、新しく移住してきた人でも、町外に住む人でも誰でも申し込めるようにしています」

「素晴らしいイベントです。これを短い期間で準備するのは大変だったでしょう?」

「南予町のみなさんが手伝ってくれました」

葉山さんは、にっこりと笑った。

「南予町の方は、町思いでいらっしゃる。それにこのオリジナリティ溢《あふ》れる鯉のぼりイベントは、本当に感心しました」

すっかり気を良くした本倉町長が、もうすごい勢いで私の両手をがっしりと握《にぎ》った。

「本当にごくろうさん! まさに、これこそ私が求めていたものだよ!」

本倉町長は握った手をぶんぶんと振った。

本倉町長……ちょっと、痛いんですけど……。

本倉町長が、葉山さんを振り返った。

「どうです。伊達町でもこうした鯉のぼりイベントやってみませんか」

葉山さんは穏《おだ》やかに首を振った。

「いえ、アイデアには敬意を表さないと。伊達町は伊達町で何か考えてみます。町おこしのプランニング、プロデュース、プロモーションのために私が来たわけですから」

「そうですか。別にアイデア料を頂戴しようなんて考えておりませんのに」

本倉町長がハッハッハと笑った。

町役場の職員が駆け寄ってきた。

「本倉町長。竿立て式の進行についてご報告を」

本倉町長がポンと手を打った。

「ああ、そうだった。一ツ木君、沢井さん、葉山副町長のご案内をよろしくね」

そう言うと、本倉町長はいそいそと、鯉のぼりイベント本部のテントの方に駆け出した。

その背を見送った葉山さんは、くるりと振り返った。

「一ツ木君、お久しぶり」

一ツ木さんは「前に、会ったことあったっけ」と目をぱちくりさせた。

葉山さんは小さなため息をついた。

「やっぱり忘れていたんだ。同じ中高一貫校で六年間同級だったのに……」

葉山さんの言葉に私は驚いた。こんな綺麗《きれい》な人と六年間も一緒の学校にいて、忘れていたんだ。

でも、一ツ木さんならありえるなあ。愛媛県でも五本の指に入るようなあの美人の三崎さんと一年以上、同じ役場に勤めていて、「誰、その人?」だったしなあ……。

葉山さんは肩をすくめた。

「まあ、忘れているんだろうなと思った。私たち、同じ大学に進学したのに、科類が違っていたせいで再会したのは入学後二ヵ月ほど経《た》ってだったよね。その時も『君、誰？』だったものね」

一ツ木さんは悪びれることもなく、「そうだったんだ」と言った。

葉山さんは私の方に微笑みかけた。

「一ツ木君と一緒だと大変でしょ」

「えっ……。ええ、まあ……」

「でも、沢井さんとは、仲良くやっていけそう。これからもよろしくお願いします」

葉山さんは丁寧《ていねい》に頭を下げた。

私も「こちらこそお願いします」と、慌ててぺこりとお辞儀《じぎ》した。

葉山さんはゆっくりとグラウンドを見渡した。

「それにしても、これだけの鯉のぼりが空を舞っていると本当に心が躍りますね」

「でも、真似《まね》るつもりはない」一ツ木さんは冷たく言った。「君も、イベントで町おこしすることには反対なんだ」

葉山さんは慌てて首を振った。

「とんでもない。さっきも言った通り、ただ沢井さんのオリジナリティに敬意を表して

「……」

「本当かな」

その時、本倉町長が葉山さんを手招きした。

「どうやら、これから棹立て式が始まるようですね。ちょっと本倉町長の方に行ってきますね」

そう言うと、葉山さんはもう一度私たちに頭を下げ、踵を返した。

「一ツ木さん、葉山さんがイベントで町おこしに反対って……。確かに本倉町長から勧められたときに言葉を濁《にご》してましたよね。でも、たとえ余所《よそ》の自治体の後追いでも、イベントがきっかけで観光に来てくれるということもあるのではないですか」

一ツ木さんはちょっと眉を上げた。

「沢井さんは、国内や海外でどこか観光に行きたい街はある？」

「観光旅行ですか。……そうですね、京都や奈良には修学旅行で行きましたけど、もう一度行きたいです。それから……北海道の富良野《ふらの》とかにも憧れますし、湯布院《ゆふいん》でゆっくり温泉につかって美味《おい》しい料理なんか素敵だと思います。海外だと、グアムやハワイは楽しそうですし、台湾《たいわん》の夜市《よいち》の屋台で美味しいもの食べるのもいいですね。あと、パリとかローマとかもお料理が美味しそう」

「ロンドンは?」

「行ったら楽しいのでしょうが、ご飯があまり美味しくないって聞きました」

「それは偏見《へんけん》だ。僕はロンドンの大英《だいえい》博物館で半年ほど働いていたが、その時に食べたフィッシュ・アンド・チップスは美味《うま》かった。ま、店にもよるけどね。それに、下宿のおばさんが出してくれたティータイムのお菓子なんかは絶品だった」

「へえ、それは判りましたが、一ツ木さんの話、脱線してません?」

「別に脱線させているつもりはない。もう一つ質問。沢井さんはオリンピックが好きかな?」

「大好きです。開催中はもちろん、もう一年くらい前から、テレビでオリンピック特集なんかがあれば必ず見ます」

「そうなんだ。……今、沢井さんが行きたいと言った都市の中で、沢井さんが生まれてからオリンピックを開催した都市がある?」

私は、ちょっと考え、「ないですね」と首を振った。

「そう。沢井さんが生まれてからだと、夏季は、アトランタ、シドニー、アテネ、北京《ペキン》、ロンドン、リオデジャネイロ……冬季では、長野、ソルトレイクシティ、トリノ、バンクーバー、ソチでオリンピックが開かれた。そのたびにマスメディアは、競技だけでなく、その都市のことや名所、料理なんかを開催の一年以上前からこれでもかっていうくらい報道したはずだ。しかし、沢井さんの心にはどこもひっかからなかったようだ」

「それって……」

「そう。オリンピッククラスの大イベントですら、開催中はともかく、観光客を継続的に集めるのは難しいってことだよ。……沢井さんは、去年の春、僕がソメイヨシノの古木の道を観光に利用しようとした時に、北さんが止めたことを覚えている?」

「はい」

「その時、僕はあっさりと引き下がった。ちゃんと準備をしなければソメイヨシノがダメージを負ってしまうという北さんの指摘に納得したことも理由の一つだが、もう一つ、それで観光客を呼び寄せても効果は限定的だと思ったからだ。ソメイヨシノの咲く時期だけ客を集めても、持続性がなければたいした効果はない。僕がイベントに関して否定的なのはそういう訳だ」

私は唇《くちびる》を噛んだ。

「私も『町おこしは教育と医療と仕事が基本』っていうことは判っています。それでも、他にできることは何でもしないといけないと思って」私は廃校の裏手の山を指さした。

「菊田君の話だと、この北の山奥にある集落から人がいなくなるんだそうです」

「知っている。この十年で三つの集落が消えたようだね」

「住民獲得戦争をやっている一ツ木さんには、残念なことじゃないですか」

一ツ木さんは、ちょっと首を傾げた。

「あの奥の集落が全滅するのは想定の内だ」

「想定の内……？」

「ああ。先々代の町長がこの分校を廃校にすると決めた。その瞬間、分校奥の集落群はいずれは消える運命を背負ったんだ。地域の小学校が消えるということは、他の何が消えることより重い意味がある。自分が育った場所が自治体の都合によって消される……住んでいる人は自分たちの地域が見捨てられた……と思うだろうね。そんな場所で自分の子どもを育てようと思うだろうか。一旦《いったん》外に出た人はそんな場所に戻ってくるだろうか」

「それじゃあ……」

「小学校だけは、絶対に守らなければならない場所だったんだ。だからあっさり廃校が決まった時、前町長は激怒したんだ」

そう言うと、一ツ木さんは深いため息をついた。

私は目眩《めまい》を覚えた。

そうだ……。清家さんも、この分校に通っていた。清家さんにとってこの場所は本当に

大切な場所だったのだろう。それを私は効果もそれほど期待できないイベントのために、
こともあろうに清家さん自身に母校に手を入れさせてしまった。

……どうしよう……

私はうな垂れた。

「沢井さん」

呼びかけられて、私は慌てて涙を拭《ぬぐ》うと顔を上げた。

町役場の矢野《やの》総務課長が立っていた。

「何でしょう」

「本倉町長の竿立て式をやっていたら、清家さんがパワーショベルで掘り出した土の中から変な物が出てきたんだ」

矢野総務課長が手の中の物を私に見せた。

お弁当箱くらいのプラスチックの箱だ。

「何でしょう?」

「さあ。勝手に開けても良くないかと思ったから、とりあえず担当の沢井さんにとね」

「調べてみます」

私と一ツ木さんは、プラスチックの箱を受け取ると本部のテントに向かった。

机の上に箱を置いた私が、どうしようか……と思っていたら清家さんがテントに入ってきた。

「あの……。それ、俺が小学校を卒業するときに埋めたタイムカプセルなんだ。返してくれるかな」

「清家さんが?」

私はプラスチックの箱を清家さんに渡そうとしたが、一ツ木さんがその手を止めた。

「清家さん。お渡しするには一応、あなたの持ち物だという証明をしていただきたいのですが」

「一ツ木さん、清家さんに失礼ですよ!」

思わず声が大きくなった。

「いや、かまわない。その中には手紙が二通入っているだけだ」

一ツ木さんは、プラスチックの箱を開けた。

「確かに古い封筒が二つ入っていますね」

「それじゃあ、返して欲しい」

「待って下さい。中に何が入っているか判ったとしても、箱が清家さんのものとは限らないでしょう。僕は、北室長の鞄《かばん》の中に携帯用の将棋セットが入っているのは知っていますが、その鞄は僕のじゃない」

　さすがの清家さんも、一ツ木さんの言葉に眉を寄せた。

「手紙に宛名《あてな》と差出人の名前が書いてあるはずだ」

　一ツ木さんは封筒をひっくり返した。

　一通には「二十才になった清家浩二君へ、船越香奈《ふなこしかな》」と書かれている。

「なるほど、でも、もう一通には『はたちになった船越香奈さんへ』とあるだけで、差出人の名前はありませんが」

　一ツ木さんの指摘に清家さんはちらりと表情を変えた。

　あらためて封筒をのぞき込んだ清家さんは、「その時は、小学校六年生で、ちょっと慌てていたこともあって、自分の名前を封筒に書くのを忘れたんだろう」と額《ひたい》に汗を浮かべた。

「こちらの封筒は清家さん宛のものですからお渡ししてもいいですが、こちらのは、船越香奈さん宛ということしか判りません。その船越香奈さんという方に渡すしかないようです」

　一ツ木さんの言葉に、今度ははっきりと動揺した表情を清家さんは浮かべた。

「いや、それは困る。その船越香奈というのは、俺の嫁の香奈なんだ」

ええっ⁉

押しかけ女房になった清家さんの幼なじみって、分校の同級生だったんだ！

「それなら、こちらの封筒の宛名は奥様だから、奥様にお渡しします。差出人の名が書かれていないのでそうするしかないですね」

清家さんは、ぶんぶんと頭を振った。

「その年の卒業生は俺と香奈だけだったんだ！　調べてくれれば判る！」

「それでも、この手紙を書いたのはあなただという証明にはならない」

清家さんはぶるぶると肩を震わせていたが、かすれた声で、「手紙の中には俺の名前を書いたはずだ」と言った。

「じゃあ、開けますよ」

封を切ろうとした一ツ木さんの手を清家さんが摑《つか》んだ。

「……開けるのはしょうがない。しかし、書いてある内容は誰にも話さないでくれるか」

「もちろんです。臨時採用とはいえ、僕は町役場の職員ですし、沢井は正式な地方公務員です。住民のプライバシーについては尊重《そんちょう》します」

「……それじゃあ……やってくれ……」

一ツ木さんは、無造作《むぞうさ》に封を切り、中の紙を引き出すと文面に目を走らせた。

私も一ツ木さんに顔を寄せて手紙を読んだ。

『おとなになった船越香奈さんへ。元気ですか。ぼくはずっと香奈さんが好きでした。おとなになったら、ぼくと結婚して下さい。ぼくは東京でいっぱいかせいで、香奈さんに大きな家をプレゼントします。清家浩二』

……これって……プロポーズ……？

顔を真っ赤にした清家さんが、「これを埋めたときは、俺、馬鹿だったから……。それで廃校になった後、こっそり書き換えようとグラウンドを掘り返した。でも見つからなくて……」と額にだらだらと汗を流した。

「見つからなかった？」

「埋めたのはグラウンドの東側、西の二宮金次郎像のちょうど反対側だったんだけど」

「あっ」私は思わず声を上げた。「あの二宮金次郎像って、ここが廃校になった時に一度移動して、元に戻されたんです。その時に、元の位置とずれたんだ」

「動かした!?……そ、そうだったのか」

ああ……。

今、判ったような気がする。

鯉のぼりの支柱を埋める日に、清家さんが二宮金次郎像からまっすぐグラウンドを横切っていたのって……掘る位置にタイムカプセルが埋まっている可能性があるか確認していたんだ……。地面を見ながら歩いていたから背を丸めていた……。グラウンドの端でがっくりとうな垂れたように見えたけど、あれって、このあたりに埋めたはずなのにと足下を見ていたんだ……。

「それじゃあ、穴を掘るって話をした時に、引き受けてくれたのは……」

清家さんはぶるっと体を震わせた。

「万一、他の人が掘り返してタイムカプセルを見つけたらとんでもないことになると思って……」

清家さんの言葉に私の体から力が抜けた。

そっか。

三週間前の準備の日、清家さんが「×印のところだけじゃなく、一列丸ごと掘ってやってもいい」って言っていたのって、本当に掘りまくってタイムカプセルを見つけたかったからなんだ。

清家さん、建設会社の社員だからそんなことをしたら水道管や配水管を傷つけるかもしれないって思い当たるはずなのに、そのことにも気が回らないほど焦《あせ》っていて……。

その時、テントにきれいな女性が入ってきた。

「コウちゃん、プラスチックの箱が見つかったって聞いたよ。ひょっとしたら、私たちが埋めたタイムカプセルじゃないかしら。二十歳《はたち》の時には見つからなかったけど」

あ、この人、清家さんの奥さんだ。

びくっと体を震わせた清家さんは、一ツ木さんの手から手紙を奪い取り、ポケットに突っ込んだ。

「さ、さあ……」

「あっ、これこれ、この箱。思い出した」清家香奈さんは、机上《きじょう》のプラスチック箱の蓋《ふた》を開けた。「あれ？　私が書いたのは入ってるけど、コウちゃんが書いた手紙は？」

「……最初からなかったんじゃないかな……」

清家さんは消え入るような声で答えた。

「そんなことないわ。だって、一緒に入れて埋めたじゃない」

私は、香奈さんにちらりと見られて、思わず視線を逸《そ》らしてしまった。

「コウちゃん、さっきポケットに入れたのは私への手紙なんでしょ。見せてよ。私の手紙、読んでもいいから」

清家さんはよろよろと立ち上がると、テントを出た。

「待って！」

香奈さんが清家さんの後を追った。

「いや……俺、ちょっとパワーショベルを……」

「手紙、見せなさいよ！」

「かんべんしてくれ……」

清家さんは、手紙を入れたポケットを必死に押さえながら、逃げ出すようにテントを離れていった。

うーん……なんだこれ……。

『かっこいいコウさん』のイメージが、ガラガラと崩れていく。かわりに、『かわいいコウちゃん』のイメージが頭にしっかり焼き付いた。

呆然《ぼうぜん》と立っていたら、今度は、テッちゃんがテントの中に入ってきた。

「結衣ちゃん、本当に鯉のぼりイベントを開いてくれて、ありがとう！」

「えっ？」

テッちゃんは、すごく興奮していた。

「今日ね、例の集落に最後まで住んでいたお婆ちゃんの引っ越しの日だったんだ。お孫さん夫婦の軽トラだけじゃ荷物が積みきれそうもなくってさ、長年のお客さんだから、俺も引っ越しを手伝うことにしたんだ。荷物を積み終えて、二台の軽トラで山から下りてきたら、この分校でいっぱいの鯉のぼりが舞っているのが見えた。俺の軽トラの助手席に座っていたお婆ちゃん、ここの卒業生だったから大喜びだった」

「大喜び?」

私は目を瞬かせた。

「まるで昔みたいだって。お婆ちゃんの話だと、昔は分校で運動会ともなれば、家族だけでなく、親戚や近所の人も参加してたって。今じゃ考えられないけど、保護者席ではお酒なんか飲みながら大騒ぎだったらしい。その時のことを思い出したってね」

一ツ木さんが顎《あご》を撫でた。

「なるほど。住民が求めているのは学校の遺跡などではなく、住民が集《つど》う活気のある場というわけか……。なかなか勉強になった」

「今も、ほら」

テッちゃんの指さす方に、若夫婦と一緒に鯉のぼりを嬉《うれ》しそうに見上げるお婆ちゃんが見えた。

「喜んで下さったんだ」

「もう、お婆ちゃん、俺の軽トラの助手席で、『鯉のぼり』の唄をずっと歌っていてね。

♪甍《いらか》の波と雲の波、重なる波の中空《なかぞら》を♪

って」

「えっ？　その唄、知らない」

「大正時代や昭和の頃に歌われていた『鯉のぼり』の唄らしいよ」

「そうなんだ」

「江戸時代だと、鯉のぼりの大元は、武士の旗指物《はたさしもの》だったって。俺も、鯉のぼりを見ているうちに元気が出てきた。今日から、この鯉のぼりを俺の旗指物にして、コウさんに教わった『自分の戦』をするつもりだ」テッちゃんの鼻息は荒い。「コウさんにこのことを伝えなきゃ。コウさん知らない？」

私は、「あそこに」と、二宮金次郎像を指さした。

そこには、像の台座に背を預けた『かっこいいコウさん』が腕を組んでいた。

「男の俺から見ても決まっているよなあ、コウさん。俺も見習って、かっこいい男になるぞ！」

テッちゃんは、ふうと息を吐くと、

♪橘《たちばな》かおる朝風《あさかぜ》に、高く泳ぐや鯉のぼり♪

と歌いながらテントを出ていった。

……清家さん……旦那《だんな》さんで、建設会社の社員で、消防団員で、青年会員で、自治会の役員で、ご両親の農作業を手伝いながら、地区の水路整備委員をやっている上に、『かっこいいコウさん』まで……一人八役なんて、大変だな……。

私は、二宮金次郎像に向かうテッちゃんの背を見ながらクスリと笑った。

第二話　浜辺の銀河

今日は七月の第一日曜。南予町の『海開き』の日だ。

南予町の海水浴場に、町役場の職員や商工会の主だった人が集まることになっている。町役場からはイベントに目のない本倉町長が出席するはずだったが、口内炎《こうないえん》が悪化したとかで欠席だ。かわりに矢野総務課長が出席することになった。あと町長秘書の三崎紗菜さん、それに推進室の一ツ木さんと私。ちょっと町役場からの参加者が少ないようだけど、今日は日曜日で、役場は休みだからね。出るのは普段、あまり仕事のない推進室のメンバーが中心になってしまった。ただ、北室長は出られない。北室長のお宅は兼業農家だから、そうそう休日は自由にならないんだ。

ともかく、町役場から参加する人は、商店街の入り口で待ち合わせをすることになった。どうやら、私が一番のようだ。

三分ほど待ったところで、紗菜さんが来た。

「こんにちは」

「こんにちは、結衣ちゃん」

紗菜さんはにっこりと笑った。

うーん。

いつ見ても、紗菜さんは美人だなあ。

制服姿もさることながら、今日着ているコットンのワンピース姿も素敵だ。同性の私から見てもどきっとしますよ。今までも、愛媛でも五本の指に入るような美人だとは思っていたけど、ひょっとしたらひょっとするかも。おしゃれを決めているのは、一ツ木さんが来ることになっているからだろうな。

そう。

信じられないことに紗菜さんは、変人で傲慢《ごうまん》で狭量《きょうりょう》で傍若無人《ぼうじゃくぶじん》の上に面倒《めんどう》くさがりの一ツ木さんに心を寄せている。

紗菜さん、一ツ木さんの誕生日に手作りのシャツなんか贈ったから、二人の仲も少しは進展したのかと思っていた。が、そうはならなかったようだ。

一ツ木さんから誘ってくるなんてことは考えられないから、紗菜さんの方からアプローチしないといけないんだろう。ところが、紗菜さんは度はずれて内気だからなあ。どうにか、紗菜さんがハッピーになれるように協力したい。何か方法はないかな。

「よう」

待ち合わせの時間ぴったりに、総務課の矢野課長が現われた。

矢野課長は北室長と同期で町役場に入った。順調に昇進して、今は病気療養中の副町長に代わり、町役場の実質的なナンバー2《ツー》とまで言われている。

この暑いのにきっちりしたスーツ姿なのを見ても判《わか》るように、矢野課長はまじめ一本な性格で、毎日の業務をきっちり遂行《すいこう》している。それだけに今の本倉町長には振り回されっぱなしで疲れ気味という噂《うわさ》だ。

「こんにちは」

私と紗菜さんは頭を下げた。

「で、一ツ木君はまだかね」

「はあ……」

一ツ木さん、特にルーズってことはないけど、何か興味のあるものを見つけると時間を忘れるからなあ。もし大幅な遅刻なんてことになったら、矢野課長にすごく怒られると思う。推進室の評判も落ちるだろうし。

ドキドキしていたら、三分ぐらいの遅れで一ツ木さんが現われた。

すり切れたTシャツに、サンダル履《ば》きというラフな格好《かっこう》だ。その古いサンダル……今にもバラバラになりそうですよ。

「じゃあ、行きますか」

遅刻した言《い》い訳《わけ》も謝罪もなしで、一ツ木さんは商店街の奥に向かって歩き始めた。

まずい。

矢野課長、ちょっと眉《まゆ》を寄せたよ。

一ツ木さん、お願いだから、町役場ナンバー2の機嫌《きげん》を損《そこ》ねるなんてこと、しないで下さいね。

内気な紗菜さんは、一ツ木さんと並んで歩けばいいのに、私の傍《そば》から離れない。さっさと一人で先に行く一ツ木さんの後を、私と紗菜さん、それに矢野課長が追いかけるような形になった。

……この商店街……

「シャッターを閉めた店が増えましたね」

私は、隣を歩く矢野課長に話しかけた。

「そうだな」

矢野課長もため息混じりに頷《うなず》いた。

子供の頃にお世話になった本屋さんや玩具《がんぐ》店は、とっくにない。お盆や年末年始には、お祖父《じい》ちゃん、お祖母《ばあ》ちゃん、伯父《おじ》さん、伯母《おば》さんからもらったお小遣《こづか》いやお年玉を握《にぎ》りしめて、従兄弟《いとこ》たちと一緒に毎日のように通《かよ》ったんだけどな。今の子供たちは、どこで本やおもちゃを買っているんだろう。

今も商店街で営業しているのは、高齢の夫婦が営《いとな》んでいる理髪店と食堂、それに昔からある小さな地元のスーパー。あと路地を折れたところにはカラオケスナックがあるが、この時間だとまだ営業を開始していないはずだ。和菓子の店と仕出し屋さんは不定期にしか営業しなくなったみたいだし、タバコ店は、開いているのか閉まっているのかも判らない。ちょっと覗《のぞ》くと、暗い店内に人はいないみたいだった。

それでも三年ほど前までは、この時期になると、商店街で七夕《たなばた》祭りが開かれ、色とりどりの笹飾《ささかざ》りをつけた竿《さお》がずらりと並んでいたんだ。

愛媛県で七夕祭りといえば、西条《さいじょう》市の丹原《たんばら》地区のものが有名だ。昔は南予町の商店街で開かれる七夕祭りも、それに負けてはいなかった。

もちろん、都会の大がかりな催《もよお》しに較《くら》べれば、かなり質素《しっそ》で野暮《やぼ》ったかったかもしれない。でも、本当にきれいだったんだよ。

その七夕祭りも、商店街がさびれ、二年前になくなってしまった。

「七夕祭りがないのはさみしいね」矢野課長はちょっと立ち止まると、辺りを眺《なが》めた。

「七夕祭りの時は、私もボランティアで笹の飾り付けなんかをしていたのだが」

矢野課長の言葉に、私はちょっとびっくりした。

「あの綺麗《きれい》な飾りは、商店街の人だけで作っていたんじゃないのですか」

矢野課長は再び歩き始めた。

「そう。役場の職員やその家族も手伝っていたよ。私の家内や息子も毎年手伝った。公民館に集まってね、笹飾りなんかを作った。息子の雅彦《まさひこ》のことは知っていたかな」

私は首を振った。

「息子さんは今は?」

「今年、松山の大学を卒業して、大阪の畜産《ちくさん》センターに就職した。乳牛の研究なんかしているらしい」

矢野課長はちょっと遠い目をした。

「遠くだと寂《さび》しいですね」

「まあねえ。畜産センターの上司は南予町の出身者だから安心しているが、行き来となるとね。南予町にはJRの駅はない。高速道路も通っていない。息子のところに行くにも乗り継ぎ、乗り継ぎだ。もっと交通が便利になるといいんだが」

先を行っていた一ツ木さんが振り返った。

「矢野さん。南予町が抱《かか》える問題は都市部からの遠さじゃないです。近さなんですよ」

矢野課長は「どういうことだね」と首を傾《かし》げた。

「大阪の息子さんのところに行くのに、どのくらいかかります?」

「職場もアパートも府の外れにある。飛行機を使っても四時間はかかるかな」

「なるほど。それでは、江戸時代とか明治の初めの頃だと、その時間でどのくらい移動できたと思いますか」

「徒歩《とほ》だから二十キロほどかね」

「南予町からだと宇和島や八幡浜くらいまでですね」

「それがどうしたんだ?」

矢野課長は怪訝《けげん》な表情を浮かべた。

「昔は宇和島や八幡浜って遠いところだったということです。南予町の住民は、全て南予町の中で買い物をしなくてはならなかった。だから商店街にも意味があった。今は、ちょっとした買い物でも宇和島や八幡浜のスーパーを使います。車なら三十分もかかりませんからね。松山のショッピングモールに行く人も多いでしょう。もちろん、ネット通販を使う人も。都会が近くなった結果がこれなんです」

一ツ木さんは顎《あご》でシャッターの閉まった商店街を示した。

「つまり南予町の商店街が打撃を受けるのは……」

「人口が減ったら客が減るということだけじゃないんです。モータリゼーションが始まった時点で、昔の形態の商店がなくなることが決定されました」一ツ木さんは冷たく言い放った。「ただ、結果は重大です」

「身近に店がないと高齢者は困るな」

一ツ木さんは首を振った。

「最も影響があるのは子どもです。高齢者でも車を運転している人はいますが、子どもが自由に使える移動力は、せいぜい自転車まででしょう。ネットという新しい環境もありますが、物理的な移動力の範囲内にあるものは、どんどん希薄《きはく》になっている。それが子どもたちに対しては、南予町から押し出す力になってしまう」

「それでは愛媛県だと松山の独り勝ちということになるが」

「いいえ。形は少し違いますが、松山でもいたるところで同じことが起こりました。東京ですらそうです。ネット通販が一般的になってからは、さらに加速しています」

ああ……。

なんか、一ツ木さんの話を聞いていると気分が滅入《めい》るなあ。

ただ、そんな暗い話でも、矢野課長の後ろを歩いていた紗菜さんは、一言も聞き漏《も》らすまいと、必死に耳をそば立てていた。

話している内に、いつの間にか商店街を抜けていた。海水浴場のちょっと錆《さ》びた看板が見えてきた。

私は、この海水浴場が好きだ。

リゾート地のような美しい砂浜というわけではなく、小石の散らばった浜だけど、ちょっと奥まったところにあって、なかなか風情《ふぜい》がある。

思い出した。

小学生の頃だったか、お祖母ちゃんの家に帰省していた私は、七夕祭りの日、テッちゃんに誘われて、海水浴場の先にある岬《みさき》の向こうに行ったことがあった。

行きは磯《いそ》づたいに岬を回ったものの、帰りに満ち潮《みしお》になっていて、来る時に歩いた岩場がすっかり水の下になってしまった。二人ともびしょ濡れになっちゃったなあ。お母さんには怒られるし。

でも、今となっては、いい思い出だ。岬の向こうには、不思議な祠《ほこら》があった。満ち潮になると半分くらい水につかっちゃうんだ。なんでこんなところに祠を作ったんだろうって、テッちゃんと首を捻《ひね》ったのだった。

この海水浴場も岬も祠も、一ツ木さんの言う『子どもたちの移動力』とかの範囲内にあるんだけどなあ。

ダメなのかあ。

幸い、海開きの行事は何の滞《とどこお》りもなく終了した。

安全を祈願する神事も、厳《おごそ》かに執《と》り行なわれた。神主をやっておられる紗菜さんのお父様はかっこよかった。さすが紗菜さんのお父様。遺伝子が違うわ。

一ツ木さんも「海開きの神事というのはいくつか見たが、南予町のものは独特だな」と感心していた。

しかし神事が終わると、一ツ木さんは興味を失ったのか、さっさと波打ち際《ぎわ》の方に行ってしまった。

どうせ、カニの新種とかを探しているんだろうなあ。まだ商工会のお偉いさんによる挨《あい》拶《さつ》が終わってないんですけど。

まあ、そういう人なのだ、一ツ木さんは。

本当にこんな人でいいのかな、紗菜さん。

会場の片付けを済ませて帰ろうとしたら、笠崎藤雄《かさざきふじお》さんがこっちに近づいてきた。

笠崎さんは、南予町で一、二を争うお金持ちだ。旅館やカラオケスナック、それに干物《ひもの》工場なんかを営んでいる。本倉町長の親戚でもある。

「矢野ちゃんよぉ」

笠崎さんが矢野課長に話しかけてきた。

ずいぶん馴《な》れ馴《な》れしい口調だが、まじめな矢野課長は「なんでしょうか」と丁寧《ていねい》に応対している。

「うちが夏の間、この浜に海の家を出しているのは知っているよな」

「はい」

「その海の家のバイトが集まらないんだ。町役場の方でなんとかしてくれないか」

矢野課長は首を傾げた。

「バイトの募集ですか。うちではそういうことはやってないですが」

「今度開く七夕祭りのボランティア募集は、役場のウェブページで紹介してくれたじゃないか」

「それは非営利の行事ですから」

そう。

二年前になくなってしまった商店街の七夕祭りの代わりに、笠崎さんは、自分が営業する海の家で、今年、祭りを復活させることにしたのだ。

商店街のものよりずっと規模は小さくなるが、『ここで七夕を過ごした男女は恋人となる』とかなんとかいうジンクスをでっち上げて人を集めるつもりらしい。

まあ、七夕って、天《あま》の川《がわ》に隔《へだ》てられた牛飼いの彦星《ひこぼし》と機《はた》を織るのが上手な織姫《おりひめ》がカササギという鳥の橋を渡って年に一回会うという伝説から来ているらしいから、あながち間違っているというわけではない。とはいえ、でっち上げるのはねえ……。さすが、本倉町長の親戚だ。

「あんまり硬《かた》いこと言うなよ。海の家が繁盛《はんじょう》すれば、町も潤《うるお》うだろうが」

「笠崎さんの海の家に関しては、バイト料の件で少し良くない噂もあるんですが」

矢野課長は眉を寄せた。

「給料なら、ちゃんと払っているぞ」

「時給は六百五十円だったと聞いています。これは県の最低賃金より六十円以上低いです」

笠崎さんは、むっとした表情を浮かべた。

「それは、最初の研修中のことだ。ちゃんと仕事ができるようになってから、七百二十円に上げる」

「それで人が集まりますかね。今、隣町の国道沿いにある量販店などは、かなり時給も高いですから、よほどのことをしないとだめなのではないですか。海の家のバイトは一日中、強い日差しのなかで働かなくてはならないから、けっこうきついですし。去年も途中でかなりの数のバイトが辞めたと聞いてます」

笠崎さんは矢野課長の言葉に、青筋を立てた。

「最近の若い者は、がまんが足らんのだ」

さすがの矢野課長もうんざりした表情を浮かべた。

「がまん……ですか……」

「それに、町の発展にもつながることなんだ。明日から始まる七夕祭りの準備のボランティアだって、給料は出ないのに、心ある若者が何人も来てくれるだろう。姪《めい》の詩織《しおり》も、美大の卒業制作で忙しい合間を縫《ぬ》って、南予町のために参加すると言ってくれた」

笠崎さんが顎で示した先に、すごくかわいい女の人が、海開きのイベントで出たゴミを片付けていた。

「お身内ならそうでしょうが、他の人はどうでしょう」

「お前は何も判っていないな。海の家で明日から作業に入るから、見にこい」

笠崎さんは得意げにふんと鼻をならすと、踵《きびす》を返した。

矢野課長はため息をついて、私たちを振り返った。

「君たちも、休日なのにご苦労さんだったね。夕飯でもおごろう」

ちょうどカニと戯《たわむ》れ飽《あ》きたのか、一ツ木さんも戻ってきた。

矢野課長に誘われて、私たちは食堂に入った。

席に着くなり、矢野課長は「鯛飯《たいめし》でいいか」と提案した。

もちろんですとも！

「鯛飯でいいか」って言われて首を横に振る人なんて南予町にいないだろう。

愛媛県は南予町のある南部、松山のある中部、新居浜《にいはま》や西条のある東部で文化や風俗がかなり違っている。高校の先生が仰《おっしゃ》っていたけど、これは江戸時代、別々の藩に分かれていたことによるのだそうだ。あと、三地域は山々で隔《へだ》てられているということもあるらしい。

鯛飯もそう。

私の生まれ育った松山で鯛飯といえば、鯛をお米と一緒に炊《た》き込んだものだが、こっちでは、鯛の刺身をご飯に載せ、それにだし汁に溶いた生卵をかけて食べる。

全く別物だが、私はどっちも大好き！

鯛飯御膳についてきたお味噌汁《みそしる》も漬け物も、やっぱり松山のとは微妙に違うけど、どっちも好き！

松山の味付けはどちらかというと甘く、こっちのものはちょっと辛いけど、どっちも好き！

ただ、私がどっちの味も受け入れているっていうのは、小さい時からしょっちゅう南予町に来ていたからかもしれない。

ずっと松山にいる人や、南予町で生まれ育った人は、どう思っているんだろう。

「しかし、笠崎さんにも困ったものだ」

矢野課長が箸《はし》を置いた。

「何かあったのですか」

食べ終わった一ツ木さんがハンカチで口を拭《ふ》きながら聞いた。

矢野課長は、笠崎さんとの一件を話した。

「性格はともかく、住人が減っている南予町で、事業をがんばっている笠崎さんは立派ですよね」

私の言葉に、一ツ木さんは思いっきり渋い表情をした。

「何が立派なものか」

「あれ？『町おこしの基本は教育と医療と仕事』じゃないのですか。仕事を創出している笠崎さんは一ツ木さんにとってはありがたい存在なんだと思うんですけど」

「全然」

一ツ木さんは吐き捨てた。

「それは、どうしてですか」

「田舎《いなか》の産業って、低賃金でもかまわないって風潮《ふうちょう》がある。だが、このネットワークや交通手段が発達した社会において、田舎だから低賃金というのは経営者の甘えだ。田舎なら低賃金という固定観念を経営者が打《う》ち砕《くだ》かない限り、若者は田舎から出る」

「でも……」

一ツ木さんは私の反論を遮《さえぎ》った。

「富士見《ふじみ》のことを覚えているか」

「はい。一ツ木さんが誘致《ゆうち》した会社の社長さんですよね」

富士見さんは、一ツ木さんの大学の時の友人で、若くして起業した。その会社は新製品のアイデアやデザインを大企業に提案しているらしい。全国に営業所やサテライト工房を作っていて、南予町の古民家にもすごい機械をもちこんでサテライト工房を構えていた。

「あいつの会社では、一部上場企業の本社採用者以上の賃金を払っている。だから僕は富士見に頼み込んで南予町にサテライト工房を作って貰《もら》った」

確かに、富士見さんのサテライトオフィスを南予町に誘致した一ツ木さんは立派だ。しかし、一ツ木さんの意見は極端だと思う。低い賃金しか支払えなかったり、生産性が低かったりするのかもしれないけど、田舎の会社は立派に地域を守ってきたんだ。

「それなら一ツ木さんが起業したらどうですか」

私は嫌みたっぷりに一ツ木さんに提案した。

「まさか。起業だの企業経営だの面倒くさいこと、しないよ。それに今、僕は公務員だ。公務員が何か商売してうまくいくことなんてほとんどない」

「それならどうするのですか」

「一朝一夕《いっちょういっせき》に流れは変えられない。とりあえず、僕は南予町に大学を作り、経済を発展させる人材を育てようと思っている」

はあ?

南予町に大学?

「あの……。一ツ木さんには文部科学省とか県の偉い人にお知り合いでも?」

「いないよ。大学の同期で文部科学省の官僚になったやつもいるらしいが、この年齢では官僚の卵だ。力はない。というか、彼らの顔も名前も覚えていない」

「じゃあ、ものすごいお金持ちの友だちがいるとか」

一ツ木さんは首を振った。

「富士見は金持ちだが、自分の事業以外に興味を持っていない」

「ひょっとして、一ツ木さん自身が実は億万長者とか」

一ツ木さんはまた首を振った。

「この前、車を修理したおかげで、貯金はゼロになった。シャーシまでいじったからね。次に大きな故障をする前に修理代を貯めるのは大変だな」

私は訳が判らなくなった。

「一ツ木さん、廃校になった小学校の分校を復活させるのは難しいとか言ってませんでしたっけ」

「うん。ものすごく難しい」

「それなのに、大学ですか」

「それだから、まず大学なんだよ」

はあ……。

一ツ木さん、何を夢みたいなこと言っているのだろう。

町役場の予算全部使っても大学なんか作れない。しかも大学の経営って、少子化もあって、ますます難しくなっていると聞いている。

矢野課長も呆《あき》れたのだろう。「まあ、そんなことができればいいがね」と頭《かぶり》を振った。

何か、食事の席に気まずい空気が漂《ただよ》ってきたよ。

「あら、もうこんな時間」

携帯をちらりと見た紗菜さんが声を上げた。

ナイスタイミングです、紗菜さん！

ただ、空気を読んでって訳じゃないようだ。まじめな紗菜さんは、町役場の忘年会でも八時になったら「あら、もうこんな時間」と席を立つ人だから。

それを一時間以上オーバーしているのは、少しでも一ツ木さんと一緒にいたかったんだろう。

矢野課長は苦笑いしながら「遅くまですまなかったね」と、レシートを手に立ち上がった。

その途端、矢野課長がふらついた。

「大丈夫ですか」

慌《あわ》てて支えようとした紗菜さんに、矢野課長は「大丈夫。ちょっとビールを飲み過ぎたかな」と手を振った。

矢野課長はそのままみんなの支払いをすませると、店から出ていった。肩を落として店を出る矢野課長の後ろ姿……昔、見たことがあるような気がした。

いや……あれは、矢野課長じゃない。

町役場を出ていかれる時に見た、前町長の後ろ姿にそっくりだった。

前町長は、私が町役場に入ってほんの数ヵ月で亡くなった。矢野課長は、それ以来ずっと町役場を支えてきたんだ。

ずいぶんお疲れなのだろうなあ。

特に、今の本倉町長があんなだし……。

私は矢野課長を追うと「今日は、ごちそうさまでした」と深く頭を下げた。

矢野課長は「いやいや」と微笑《ほほえ》んだ。


翌日、推進室に入った私は、北室長の「おはようございます」という声に迎えられた。

いつもと同じ……という訳じゃないみたい。私が入ってくるまで、北室長は、一ツ木さんと何かを話していたようだ。かといってそれは将棋《しょうぎ》関係のことじゃない。北室長の机の上に将棋盤はない。

「北さん、何かあったのですか」

「はい。……実は総務課長の矢野さんが病欠されているらしいのです」

ええっ、そうなんだ。

昨日、海開きのイベントに一緒に行った時、確かに疲れたご様子だったけど。

「どんな具合なんですか」

北室長は唸《うな》った。

「それは判りません。ただ、矢野さん、昔、ひどい腹痛だった時も脂汗《あぶらあせ》を流しながら仕事をしていましたからね。金曜の業務を終えた後、救急病院に行ったら盲腸炎だったらしいです。危うく腹膜炎《ふくまくえん》になるところで、お医者様にはひどく怒られたようです。それでも、月曜日には病院を抜け出して役場に出ていました」

「そんな人が病欠なんて」

「はい……。矢野さんの近所に住んでいる職員が見かけたのですが、大阪で働いている息子の雅彦君が、零時あたりにタクシーで戻ってきたらしいのです」

なんですって！

確か、矢野課長の息子さんは、今年、松山の大学を卒業した後、大阪の畜産センターに就職したんですよね。新人だからまだ有給休暇もとれないのに帰ってくるなんて、相当にまずい状況じゃないのだろうか。

「どこに入院されているのですか」

北室長は首を振った。

「いえ。入院はしていないみたいです。あの人は病院嫌いですから」北室長は顎に手を当てた。「まあ、奥様と息子さんがついているから大丈夫でしょうが」

私は昨日の矢野課長の後ろ姿を思い出した。

「あのう……。私、帰りにお見舞いに行ってきてもいいでしょうか」

「そうしていただけますか」北室長はにっこりと笑った。「それより、昨日は農作業で出られなくて申し訳ありませんでした。海開きはどうでしたか」

私は北室長に、昨日の出来事を報告した。

終業後、私はスクーターで矢野総務課長のお宅に向かった。

矢野課長のご先祖は、江戸時代には庄屋《しょうや》だか名主《なぬし》だかをやっていたと聞いている。ひょっとしたら、そうした家の出だから、南予町のことについては人一倍、責任を感じているのかもしれない。

矢野課長のお宅が見えてきた。

夕焼けの中に立派な屋敷が浮かび上がっている。敷地だけで二千坪《つぼ》くらいあるんじゃないかな。屋敷林がある家なんて、松山でもちょっと見ないぞ。

屋敷に灯《あか》りはない。

何か、不安な気分になった。

病状が悪化して、救急病院に搬送《はんそう》されたとかじゃないよね。

私は、門の脇《わき》にスクーターを置くと、広い庭を突っ切って玄関に向かい、チャイムを押した。

しばらくして玄関の灯りが灯《とも》り、誰かの影が現われた。

「どちら様？」

矢野課長の声だ。

ちょっとほっとした。

「推進室の沢井です。あの……ご病気と伺《うかが》ってお見舞いに」

少し間があった。

「ありがとう。私の方は大丈夫だから。町役場の方にもよろしく伝えてくれ」

玄関の灯りが、ふっと消えた。

えっ？　姿も見せてくれないのですか？

矢野課長はお見舞いに来た人をこんなに邪険《じゃけん》に扱う人に見えなかったけど……。

夏風邪《なつかぜ》とかで、うつすといけないと思われたのだろうか。いや、少なくとも声はしゃがれてはいなかった。

私は、矢野課長の影の消えた玄関を呆然《ぼうぜん》と見続けた。

ただ、玄関先でいつまでも突っ立っているわけにもいかず、私は門を出ると、スクーターに跨《また》がった。

振り返って中を覗いてみると、やっぱり家じゅうの灯りが消えている。

どういうことなんだろ。

私はエンジンをかけ、ゆっくりと走り始めた。

途中で買ったお見舞いの果物の籠《かご》、どうしようかな。お祖母ちゃんと食べようかな。

そんなことを考えながら家に向かって走っていると、スクーターに乗った女性とすれ違った。

あれ？

一瞬だったけど、さっきの人、矢野課長の奥様だよね？

私は慌ててブレーキをかけた。奥様のスクーターは、矢野課長のお宅の方に走り去っていく。

奥様は、何かの制服を着ておられた。確か、矢野課長の奥様は、道の駅で働いていると聞いたことがある。

ということは、こんな夜遅くまで働いておられたのだろうか。

病気で倒れた旦那《だんな》様を放っておいて？

いや、息子の雅彦さんがいるからいいのかな。

それにしても……。

私は釈然《しゃくぜん》としない気持ちを抱えたまま、家に戻った。


翌朝、私は推進室に入るなり、北室長にお見舞いの件を報告した。

「それはお疲れ様でした」

「でも、矢野課長、どうしてお見舞いに行った私に会ってくださらなかったのでしょうか」

「さあ、どうしてですかね」

北室長は例の狸《たぬき》顔で笑みを浮かべた。

あれ？

昨日は眉を寄せていたのに、北室長、全然、心配そうじゃない。

いったいどうしたんだろう。

一ツ木さんが無表情で何かの難しい本に熱中して私の話なんか聞き流すのはいつものこととして、北室長って、矢野課長と同期ですよね。

「何かご病状について判ったのですか」

「いえ、全然。病欠の連絡以外、音沙汰《おとさた》はないようです。便《たよ》りのないのはよい知らせですよ」

そうかな。

普通、なおさら心配になるんじゃないかな。

北室長、矢野課長に対して、何か冷たくないですか。

その時、三崎紗菜さんが推進室に駆け込んできた。

「お忙しいところ申し訳ありません」

頭を下げた紗菜さんの顔色は悪い。

ああ、また本倉町長がらみとか……。

「どうかなさいましたか」

北室長は笑顔で紗菜さんにソファを勧《すす》めた。

「広域市町村圏実務者協議会の件はご存じですよね」

もちろん、町役場の人なら誰でも知っている。

広域市町村圏というのは、いくつかの市町村が集まって、一自治体ではできない行政……例えば、消防とか、ゴミ処理とかを共同で行なう仕組みだ。南予町も隣の伊達町などと広域市町村圏を構成している。実務者協議会は、その運営内容について話しあう会議だ。最後は各自治体の長による会議で決まるが、それはまあ、儀式みたいなものだ。

「確か今週の金曜日に開かれるはずですね。伊達町からは、副町長の葉山怜亜さんが出られると聞きましたが」

「誰ですか、それ？」

一ツ木さんが読んでいた本から目を上げた。

「一ツ木さんが中学から大学まで同期だった人ですよ。この前の鯉《こい》のぼりイベントでも会ったじゃないですか」

私の説明に、しばらく一ツ木さんは宙を睨《にら》んでいたが、「ああ、いたね、そんな人」と呟《つぶや》くと、また本に目を落とした。

いやいや、あんなに美人なうえに、若くして隣町の副町長になった人を、「いたね」じゃないでしょ。

「それで、その実務者協議会がどうしたのですか」

「はい。これまで協議会に出席していた矢野総務課長が、もう二日も病欠されています。

それで、もし矢野課長が出られないのであれば自分が出るって、本倉町長が言い出されまして」

なんですと⁉

私は愕然《がくぜん》とした。

亡くなった前町長の後任として町長選で当選した本倉町長は、就任早々、実務者協議会に無理やり出席した。

その会議中に、本倉町長は本当に無茶苦茶なことを提案して、他の自治体から来た出席者を唖然《あぜん》とさせたり激怒させたりしたらしい。それが原因で、次の実務者協議会からは矢野課長が体を張って本倉町長の出席を阻止《そし》するようになったと聞いている。もし、また本倉町長が協議会に出たら、どんなことになるか。まさか、南予町が広域市町村圏から叩《たた》き出されるなんてこと、ないよね……。

「ご病気の矢野課長にこんなことご報告もできず、推進室に来てしまいました。なんとかならないでしょうか」

紗菜さんの顔は青ざめている。

「それは困りましたね」北室長はちょっと小首を傾げた。「まあ、なるようにしかならないんじゃないでしょうか」

「な、なるようにですか」

紗菜さんはびっくりしたような顔で北室長を見返した。

「そこまでご心配なら、七夕の短冊《たんざく》にお願いごととして書いたらどうですか。今年は海水浴場で七夕祭りが開かれるそうです。今、海の家で準備をしていますよ」

「はあ……」

北室長の言葉に失望したのか、紗菜さんは一礼すると、肩を落としたまま推進室を出ていった。

私は思わず北室長に詰め寄った。

「北さん。紗菜さんは、思いあまって相談しにきたと思うんです。その紗菜さんにさっきの言葉は冷たすぎですよ」

北室長は目を瞬《しばたた》かせた。

「そうでしょうか。短冊に願いごとを書くのはそんなに変なことですか。そろそろ七夕ですよ。実務者協議会があるのは七夕の夜が明けた日ですから、間に合いますし」

どういうこと？

北室長って、けっこう情に厚い人だと思っていたのに矢野さんにも紗菜さんにも妙に冷たい。

紗菜さん、かわいそう。

きっと、北室長が本倉町長を説得してくれるとか、代わりに実務者協議会に出席してくれることを期待していたんだろうな。

私もすっかり失望して自分の席に戻ると、隣の一ツ木さんに「何かいい方法がないでしょうか」と聞いた。

本を読んでいた一ツ木さんは面倒くさそうに顔を上げ「北さんも言っただろ。短冊に願いごとを書けばいいんだ」と言うと、また読書に戻ってしまった。

ああ。やっぱり、一ツ木さんも冷たい。

私はため息をついて自分の業務に戻った。

それから、北室長に言われて、いくつかの書類を産業振興課とか総務課に届けた。どの部署でも、職員が額《ひたい》を寄せ合って「本倉町長が」とか、「また協議会で」とか、深刻な表情を浮かべて、ひそひそ言っている。

矢野課長の代わりに本倉町長が広域市町村圏実務者協議会に出そうになっていることが、もう町役場じゅうに広まったようだ。

あの本倉町長の暴走を止めるのは普通の職員じゃ無理だ。止められるとしたら矢野課長だが、病欠でいつ町役場に出られるかは判らない。北室長も一ツ木さんも、動く気はないみたいだし。

どうすればいいんだろう。

私は、どんどん重くなる気分のまま、推進室に戻った。

実務者協議会が明後日《あさって》に迫った。

私は、朝、町役場に出るなり総務課を覗いた。課長席に主の姿はない。

今日も病欠なんだろうな。

本当に矢野課長、大丈夫なんだろうか。最後に見た矢野課長の疲れた後ろ姿がひどく気になる。

ロッカー室に向かっていたら、紗菜さんとばったり出会った。

「おはようございます」

「おはようございます、結衣ちゃん」

「あの……矢野さんのことですけど」

紗菜さんはにっこり笑った。

「今日も病欠されるみたい。でも、実務者協議会には必ず出席するって連絡があった。だから、きっと大丈夫よ」

「ええっ、そうなんでしょうか」

矢野課長は腹膜炎になりかかりながらも、仕事を続けたって聞いている。その人がもう三日も休みって相当深刻でしょ。明後日出てこられても、出てこられなくても、私はすごく心配。もちろん実務者協議会に本倉町長が出るかもしれないってことも気になるが、矢野課長のお体の方がもっと心配だ。

「きっと大丈夫」

紗菜さんは繰り返した。

「紗菜さん、矢野課長の病名とかご様子とか、知っているんですか」

紗菜さんは首を振った。

「いいえ。お見舞いにも行ってないし。北さんに言われたとおり、短冊に願いごとを書いたら、すっきりしたの。だから、それでいい」

「あの、紗菜さん……」

話を続けようとする私に対し、紗菜さんはまるで会話を打ち切るように背を向けると、町長室の方に歩いていった。

何なんだろう。

昨日は、矢野課長のことを心配していたように見えたのに。

私は、訳が判らないまま推進室に向かった。

途中、何人かの職員とすれ違った。やっぱり、険《けわ》しそうに眉を寄せている人もいた。矢野課長のことと、明後日に迫った実務者協議会のことが心配なんだろう。

私はいろいろと思い浮かぶ嫌な考えを頭を振って追い出すと、推進室のドアを開け、

「おはようございます」と大きな声で挨拶した。

あれ？

いつもは早くから来ている北室長がいない。

「一ツ木さん、北さんは？」

一ツ木さんは、読んでいた本からちらりと目を上げた。

「有休とって農作業。昨日、退勤の時に言ってた」

えっ？

私は聞いてない。

「こんな大変な時に？」

「大変？」

一ツ木さんは首を捻った。

「大変でしょ。矢野さんは重い病気だし、本倉町長が実務者協議会に出ようとしている

し」私は一ツ木さんを睨《にら》みつけた。「どうして北さんも一ツ木さんも、そんなにのんびりできるんですか。紗菜さんも昨日はあんなに心配していたのに、今日はもうあまり関心がないみたいだし」

「三崎さんは北室長の言った通り短冊に願いを書いた。それで心配ごとが消えたんだろうさ」

一ツ木さん、紗菜さんと同じようなこと言ってる……。

「……じゃあ、私も短冊に願いを書こうかな」

皮肉《ひにく》で言ったのだが、一ツ木さんは表情も変えずに首を振った。

「三崎さんの願いが叶ったのは、三崎さんが南予町で生まれ育ったからだ。松山の住民だった沢井さんが南予町の七夕祭りの短冊に書いても、意味はない」

なんですって⁉

一ツ木さん、今、傷つくようなことを、さらっと言いませんでした⁉

私だって、南予町の七夕祭りは好きだったのですよ！

第一、一ツ木さんなんか、一度も南予町の七夕祭り、経験してないでしょ！

かなりむっとした私は、自分の椅子《いす》に座って仕事を始めた。

私から話しかけない限り、一ツ木さんから口を開くことはない。それから終業の「今日は失礼します」という挨拶まで、私と一ツ木さんは無言で過ごした。

そして、ついに七月六日になってしまった。

北室長は今日も有休なので、推進室では会話のないまま一日が終わっていた。

「結衣ちゃん、七夕祭りには行かないの？　昼前に行ってみたけど素敵だったよ」

台所に立って夕食後の食器を洗っていたら、お祖母ちゃんに聞かれた。

七夕って、本当は六日の夜から七日の朝までだってお祖母ちゃんに教わった。だから、七夕祭りは今日から始まっているはずだ。

「どうしようかな」

復活した七夕祭りに興味がないわけじゃない。楽しみにもしていた。

でも、一ツ木さんに酷《ひど》いことを言われて、私はちょっと落ち込んでいる。

紗菜さんも北室長とは何か判りあったような感じだったのに、私にはなんだかよそよそしく、奥歯に何かはさまったような言い方をしていた。

幼い頃、休みのたびに南予町に来ていた私でも、やっぱりずっと南予町にいた人とは違うのかな。

もちろん、南予町の人はよくしてくれている。ただ、それって、お祖母ちゃんが南予町の人たちの面倒をよく見ていたから、そのお孫さんを……という恩返しのようなものだったのかもしれない。

だとしたら、私はただのお客さんだ。

……いけない。

頭の中でぐるぐる回る考えが、ネガティブな方に落ち込んでいっている。

私は、洗い桶《おけ》からコップを取り出そうとした。

あれ？

コップは一番下に入っていた。

私は、いつもコップを最初に洗う。別にお皿からでもお茶碗からでもいいのかもしれないが、順番を決めておくと、効率的に洗えるような気がするのだ。

ともかく、コップを最初に洗うために、洗い桶に入れるのはいつも最後の方にしているのだ。今日はどうやらぼんやりしていたらしい。

「どうしたの？　お台所でため息なんかついて」

お祖母ちゃんが心配そうに聞いてきた。

「別に。ちょっと、コップを洗い桶に入れる順序を間違えちゃっただけ」

その時、何かが頭に閃《ひらめ》いた。

あれ？　何かおかしいよ……。

何だろ、この奇妙な違和感……。

私は、その違和感の正体を探ろうと頭に浮かんだことについて考えた。

矢野課長のことだ。

矢野課長が倒れたのって、午後九時以降よね。九時までは矢野課長は私たちと一緒にご飯食べていたんだから。

それで、息子の雅彦さんがご実家に戻ってきたのは午前零時あたりだった。

それって、おかしいじゃない。

矢野課長、雅彦さんが南予町に帰ってくるのに、どんなに急いでも四時間はかかるって言ってた。

九時以降に倒れた連絡がすぐに雅彦さんに伝わったとしても、午前零時には帰ってこられない。

ということは……矢野課長が倒れたから雅彦さんが戻ったんじゃない。雅彦さんが戻ったから矢野課長は倒れたってこと？

本当は順序が逆だった？

どういうことだろ。

何が起こっているんだろ。

私は、食器洗いで濡れた手を拭いた。

……確かめなきゃ……でも、どうやって？……

北室長は紗菜さんに、短冊に願いごとを書いたらって言ってた……たぶん、素直な紗菜さんは言われた通り、七夕祭りの準備をしている海の家に行ったんだ……それで……。

「お祖母ちゃん、私、ちょっと行ってくる」

私はお風呂に入ろうとしていたお祖母ちゃんに声をかけた。

「こんな時間に？」

「七夕の短冊を書いてくる。すぐ戻るから」

私はそう言い残すと、玄関を出てスクーターに跨った。

うーん。

なんとなく判ったような気がしてきたぞ。

でも、確かめなくちゃ。

私は商店街を突っ切って、浜辺に向かった。

海水浴場には煌々《こうこう》と灯《と》りが灯っている。

スクーターを臨時の駐輪場に駐めると、海水浴場に降りていった。

堤防沿いに十数本の大きな竿が並んでいる。それぞれに美しい短冊や吹き流し、投網《とあみ》の飾りがつけられていた。

笠崎さんの海の家も満員盛況《せいきよう》のようだ。

海の家で売っている焼きそばとか、たこ焼き、イカ焼きを手にした人がたくさんいる。こんなに人でいっぱいになった南予町の海水浴場は初めて見たな。みんな、なくなった七夕祭りを惜《お》しんでいたんだ。

私は楽しげな表情を浮かべている人たちを縫うようにして進んだ。

「こんばんは」

声をかけられて振り向いたら、浴衣《ゆかた》姿の紗菜さんがいた。

「こんばんは、紗菜さん。紗菜さんも七夕祭りに来たんですね」

紗菜さんはこっくりと頷いた。

「やっぱり、お祭りのなかで一番、素敵だから」

そうだろうなあ。

一番素敵というのも判る。恋人や好きな人がいる人には、一年に一回、男女が会えるっていう伝説はロマンチックなんだろう。クリスマスは恋人関係ないし、ハロウィンはもっと関係ないから。

「私、いろいろ判っちゃいました」

紗菜さんは、「えっ、何が？」と眼をぱちくりさせた。

「矢野課長のことをあんなに心配していた紗菜さんが、急に安心した理由です。矢野課長、病気でもなんでもなかったんですよね」

紗菜さんはぺろっと舌を出した。

「ばれちゃったんだ」

「はい。矢野課長が倒れてから雅彦さんが戻ってきたとしたら、辻褄《つじつま》が合いませんから。雅彦さんはどうしても南予町に帰ってきたかった。でも新人だから有休はまだとれない。それで、お父様が倒れたことにしちゃったとか」

「そう」紗菜さんは頷いた。「お母様の方は呆れて協力してくれないから。そして、雅彦さんの上司は南予町の出身でしょ。どんな形で話が伝わるかもわからないから矢野さんは、お家に籠《こ》もったの」

「それで、戻ってきた雅彦さんは、七夕祭りの準備のボランティアをしていたのですね」

「そこまで判ったんだ」

「だって雅彦さん、ずっと七夕祭りのボランティアをしていたって。それから海開きの時に、笠崎さんが矢野さんに『お前は何も判っていないいな。海の家で明日から作業に入るから、見にこい』って得意げに鼻を鳴らしたのって、雅彦さんが無給でも働いているところを見せたかったんですね。そうまでして帰る理由……北さんは私の話を聞いただけでピンと来ましたよね。だから紗菜さんに、短冊を書きにいきなさいってアドバイスしたんだ。七夕祭りのボランティアをやったことのある人なら、見ただけで判ることだと」

紗菜さんは頷いた。

「私は鈍《にぶ》かったから、三年前までは気づかなかったけど、今回は判った。雅彦さん、笠崎さんの姪御の詩織さんに会うために戻ってきたの」

私はハアと息を吐《は》いた。

一ツ木さんも、私と北室長のやりとりを聞いていて判っちゃったんだろうなあ。だから、七夕祭りのボランティアに参加したことのない私が短冊を書きに海の家に行っても、何も判らないだろうって……。

「まあ、そこまでしたくなる切実な思いって、判らなくもないですね。毎年、七夕祭りには会えると思っていたら、突然中止になって、どうしようかと悩んでいるうちに復活した。それで今度ばかりはと」

その時、岬の方から手を繋《つな》いだカップルがこっちの方に歩いてくるのが見えた。

「あれが、雅彦さんと詩織さん。雅彦さんは明日、朝一番の飛行機で大阪に帰るらしいわ。矢野課長も病気が治って、実務者協議会に出られるでしょう」

紗菜さんが教えてくれた。

私も詩織さんの顔は知っている。海開きの時に、一所懸命《いっしょけんめい》片付けを手伝っていたのを見たから。

きっといい人なんだろうな。

雅彦さんの方は、ちょっともっさりしてるけど、優しそうな笑顔だ。

そっか。雅彦さんか詩織さん、どっちかがついに告白したんだ。

紗菜さんはクスリと笑った。

「あの二人、小学生の時から七夕祭りのボランティアを一緒にやっていたのに、自分の気持ちを伝えられなかったなんて、内気と言っても、度が過ぎるわよね」

「はあ……」

いやいや、紗菜さん、人のこと言えないですよ。

「それでね、結衣ちゃん。笠崎さん、『この海水浴場で七夕を過ごした男女は恋人となる』ってジンクスをでっち上げて盛り上げようとしていたでしょう？　実際にカップルができたことを知って大喜びなの。絶対にこのカップルはうまくいかせるって。あと、ご親戚の本倉町長に話したら、本倉町長も南予町海水浴場の振興策にすっかり熱中してしまったわ。実務者協議会のことなんか、もうどうでもよくなったみたい。七夕祭りは今日から二十五日までずっとやるそうよ」

すっかり脱力した私は、しゃがみ込みそうになった。

確かに、素敵なジンクスがあれば、夏休みが始まるまで七夕祭りを引っ張れるかもしれない。海の家も儲《もう》かるだろうな。

「それにしても、紗菜さんも北室長もどうして、雅彦さんが帰ってきた理由を察した時、私に教えてくれなかったのですか」

紗菜さんは、申し訳なさそうに私を見た。

「だって、あの真面目《まじめ》な矢野さんが息子さんのために仮病《けびょう》を使ったなんて周囲に知られたら、気まずい思いをされると思ったから。北さんもたぶんそう」

なるほどねえ……。

それでずいぶん私は悩んだんですけどねえ……。紗菜さんは気づいてないだろうなあ。

紗菜さんは、ちらりとスマホの画面を見て「あら、もうこんな時間」と言った。

なんだ、もう八時になったんだ。

「紗菜さん、あそこ、一ツ木さんも来てますよ」

私は、竿の一つを指さした。

一ツ木さんが、竿に飾られた短冊を一枚一枚読んでいた。

多分、南予町の人の隠れたニーズを探るとかいう目的でやっているんだろうけど、町民が見たら誤解しちゃいますよ。

一ツ木さんの姿を見た途端、紗菜さんはそわそわし始めた。

うーん。なんか、もう、切ないなあ。

「ねえ、紗菜さん。八時は過ぎましたけど、もし、一ツ木さんを誘いたいなら、いい方法がありますよ。あの岬の裏側に、満潮《まんちょう》の時は半分波に洗われちゃうっていう不思議な祠があるんです。一ツ木さんに話したら興味を持つんじゃないでしょうか。今、潮は引いてますから、簡単に行けます」

紗菜さんの顔がぱっと輝いた。

「本当？」

「本当です」

昔から南予町に住んでる紗菜さんの知らないことだって、私、知っているんですよ。

紗菜さんはしばらく岬と一ツ木さんを見比べながらもじもじしていたが、意を決するように一ツ木さんの方に歩いていった。

私は空を見上げた。

天の川が横たわっているのが見えた。

きっと彦星と織姫がカササギの橋を渡って会っているんだろうな。

視線を下界の七夕祭りに戻したら、竿の下で、紗菜さんが一ツ木さんに話しかけていた。

紗菜さんは不思議な祠のことを話しているんだろう。

あっ!

一ツ木さん、がっしりと紗菜さんの手を摑《つか》んだ! 紗菜さんを引きずるようにして岬の方に歩いていく!

ちょっと、ちょっと一ツ木さん。すぐにも祠を見たいんだろうけど、町民が見たら誤解しちゃいますよ。

第三話　転んだ男

「結衣ちゃん、またね」

姉さんは二歳になったばかりの姪《めい》っ子を抱き、停留所に停《と》まったバスに乗った。

「また来てね」

見送りに来ていた私は、姉さんと姪っ子に手を振った。

「結衣ちゃんも、大阪に遊びにきてね」

お盆休みを南予町で過ごした姉さんと姪っ子は、今日、大阪に帰る。

バスが発車した。

これで、また南予町の広い家には、お祖母《ばあ》ちゃんと私の二人だけになってしまった。

二人で暮らしている時にはそんなに感じないが、遊びにきていた家族や親戚が帰っちゃうと、どっと寂《さび》しくなる。いつもそうだ。去る人より、見送る人の方が寂しいというのは本当だな……。

ああ、バスが小さくなっていくよ。

お祖母ちゃん、私が小さい時から、何度も何度もこんな気持ちになっていたのかな。去る側だった私には判らなかったことだけど。

そんなことを考えて、ちょっと切なくなった。

……南予町は見送る人の町なのかも……

一瞬、浮かんだ考えを、私は頭《かぶり》を振って追い払った。

私の盆休みも今日で終わる。気持ちを切り替えて、明日からはまた町役場でがんばらないと！

「沢井先輩」

バスを見送っていた私は、突然、後ろから声をかけられた。

びっくりして振り返ると、背の高い男の子が立っていた。

「なんだ、兵頭《ひょうどう》君か。びっくりした」

兵頭航介《こうすけ》君は、私の一年後に町役場に入った。

つまり、私は先輩というわけ。

しかし、何度呼ばれても、「先輩」って慣れないな。

「すみません。バス停でぼんやりしてたから、つい声をかけて……」

「別にいいよ」

兵頭君って、高校時代は野球部のエースで、二年生の時、全国高等学校野球選手権大会の県予選で決勝まで行った。南予町の出身ということで、私も球場まで行って応援したことがある。ただ、残念ながら怪我《けが》をして、甲子園《こうしえん》に再挑戦する夢も、プロ野球の選手になる夢も断念してしまった。

昨年、町役場に入ってからは気持ちを切り替えて、いつも明るく元気にがんばっている。

でも、何だか、今日の兵頭君は表情が暗いな。

「どうかしたの？　元気がないように見えるけど」

「別に……」兵頭君はしばらく口ごもっていたが、意を決したように顔を上げた。「あのう……。沢井先輩に相談しても、いいですか」

ええっ⁉　私に⁉

いままで、私が北室長や先輩の三崎紗菜さんに相談したことはあるけど、相談されたことなんて一度もないよ。

「い、いいよ」

私は、バス停のベンチを勧《すす》めると、隣にあった自販機でコーラを二本買い、そのうちの一本を兵頭君に渡した。

コーラを一口飲んだ兵頭君は、ぽつりぽつりと話し始めた。

「僕、災害派遣協定で神奈川県の大師市《だいしし》に出向《しゅっこう》するのは知ってますよね」

「うん、知ってる。防災の日の九月一日からだよね」

先の町長の時、南予町と神奈川県の大師市、それに長野県の更級市《さらしな》は、災害派遣協定を結んだ。

これは、大規模災害が起こった時に、被災した自治体に職員を送る協定だ。

もし、南予町が東南海・南海地震に見舞われれば、四国全域が被害を受ける。近隣の自治体からの助けは期待できない。さらに、町役場の職員自身も被災者だ。行政機能が止まってしまう可能性がある。

そんな時、災害派遣協定によって、大師市と更級市から職員がピックアップトラックに救援物資を満載して、被災者救援にかけつけてくれることになっている。その職員はそのまま南予町に留《とど》まり、国の救援態勢が整うまで、町役場職員として働く。

もちろん、関東や中部で大地震が起これば、南予町の職員が大師市や更級市に軽トラで急行する。

このような災害派遣協定を結んでいる自治体は、四国には他にいくつもある。

だが、前の町長や大師市の市長が作ったシステムは、もう少し踏み込んだものだった。平時から職員を相互に一年間、相手自治体に出向させる。災害が起こってから初めて来たというのでは、被災者に対してきめ細やかな対応がとれないからだ。

去年の九月一日から始まって、大師市や更級市の市職員が一人ずつ、一年間、南予町の町役場で働いた。もちろん、南予町からも大師市と更級市に職員を出向させた。

第一期出向者は八月末日付でそれぞれの出身自治体に戻るが、それと同時に、兵頭君たちが第二期ということで、大師市と更級市に出向する。

「関東に行くのが、不安なの？」

兵頭君は首を振った。

「高校の同級生なんかは、とっくに親元を離れて東京や大阪で働いてます。そんなことで泣き言は言いません。むしろ、この機会に向こうでいろいろなことを勉強してこようと思っています」

「それじゃあ、相談したいことって何？」

しばらく兵頭君は迷っている様子だったが、「……災害派遣協定って、本当に役に立つんですか」と低い声で呟《つぶや》くように言った。

「どういうこと？」

「今回、第一期で来ていた人を見ていて、失望したんです。長野県の更級市から来た木戸《きど》さんは釣りばっかりしてるし、神奈川県の大師市から来た西原《にしはら》さんは、町中自転車を漕《こ》いでばかりで……」

そっか……。

そこにひっかかっていたんだ……。

基本的に、出向は本人の希望によるものが望ましいとされている。無理やりの職務命令で来ても、士気は上がらないと思われたからだ。それで、本倉町長は、相手自治体の出向者を募《つの》るために、「南予町は釣りには絶好の場所がいくつもあるし、愛媛には素敵なサイクリングロードがある」って繰り返し勧誘《かんゆう》した。

まあ、本倉町長が言ったのは嘘《うそ》じゃない。愛媛県今治《いまばり》市と広島県尾道《おのみち》市を結ぶ瀬戸内《せとうち》しまなみ海道には自転車道があり、サイクリングを楽しむ人の間では有名だ。私も高校生の時に友だちとレンタルの自転車で愛媛から広島に渡ったことがある。海に架《か》かったあんなに高い橋の上をサイクリングするなんて、他ではちょっとできない。途中の島々では、新鮮なお刺身とか土地の名物を食べて、本当に楽しかった。

愛媛県では、その瀬戸内しまなみ海道をテコに、県全体でサイクリングパラダイスを目指す『愛媛マルゴト自転車道』を提唱《ていしょう》した。そして、県下の市町とも連携《れんけい》し、多くのサイクリング道を整備しているところだ。南予町にも二つのコースがある。

釣りに関しても、南予町は絶好の場所だ。よい釣り場がいくつもあって、年中、いろいろな魚が釣れるので、松山や他県からも釣り人が来ている。

しかし、観光客ならともかく、本倉町長の勧誘のせいか、大師市と更級市から来た職員も、やっぱり自転車や釣りを趣味としている人たちだった。

大師市から来た西原圭《けい》さんは、趣味でトライアスロンをやっていた。南予町に来てからもどこかで大会がある時は休暇《きゅうか》をとって参加している。かなりの実力者らしく、大会では常に上位の成績だそうだ。

長野県の更級市から出向してきた木戸芳樹《よしき》さんは、相当の釣り好きのようだ。役場の外で見かけると、たいてい釣り竿《ざお》を持っている。

「西原さんは、朝も夜も自転車で南予町中を走り回ってトレーニングしてますよ。自転車が大切なのはわかりますけど、自分の自転車はみんなが使う駐輪場に駐《と》めずに、今も総務課の部屋の中に置いてあります。木戸さんは、職場で釣りの話しかしてません。朝釣りの時は遅刻することもあります。あの人たち、遊び半分で南予町に来ているんじゃないですか。南予町に災害が起こった時に本当に役立つんでしょうか」

「ど、どうでしょ……」

私は口ごもった。

本当言うと、私もちょっとだけ、そんなふうに思ったことがあるんだ。

「こんなことを考えながら大師市に行くのは、ちょっと気分が重くて。それに、九月一日に戻る西原さんと僕は向こうじゃ同部署になるんだそうです。うまくやっていけるかどうか」

うーん、そういうことか。

特に西原さんに対してはなあ……。

兵頭君は野球の夢を諦《あきら》めて町役場でがんばっているのに、出向してきた西原さんが自転車競技に夢中だというのじゃ、複雑な気分になるだろうな。

どうアドバイスすればいいのか考えていたら、バス停の前を、釣り竿を担《かつ》いだ木戸さんが通りかかった。

「やあ、沢井さんに兵頭君。元気?」

ああ……。

めちゃくちゃ間が悪い……。

「こんにちは、木戸さんもお元気そうで……」

「元気も元気! 朝釣りで、もう、どっさりと釣れてね。南予町じゃ、この一年、海釣りを満喫《まんきつ》できた。あと十日ほどで長野に帰ると思うと嫌になるよ。あと一年くらいこっちにいたいなあ」

木戸さんは満面の笑みを浮かべているが、兵頭君の方は俯《うつむ》いたままむっつりしている。

私は、「お別れするの名残惜《なごりお》しいです」と慌《あわ》てて言った。

「本当に南予町の海は名残惜しい。長野の渓流《けいりゅう》釣りもいいけど、やっぱり海があるところはいいな。いやあ、本当にいい」

そう言うと、木戸さんはハハッと笑って釣り竿を担ぎ直し、足取りも軽くバス停を後にした。

兵頭君は舌打ちをした。

「いくら志願を募って出向させるといっても、大師市や更級市はあんな人たちを派遣してきたんですよ。本気で南予町のことを考えているなんてとても思えないですよ」

兵頭君が吐き捨てるように言った。

「……兵頭君、前の町長のことは？」

「顔くらいは知ってます。ただ、僕が町役場に入る前に亡くなりましたから、詳しくは……」

「前の町長は南予町のことを真剣に考えておられた。その方が、この災害派遣協定を熱心に推進されたんだから、きっと意味があると思う。大師市の市長さんもそんなにいいかげんな気持ちじゃないんじゃないかな。災害派遣協定を作成する時には、出向中の職員の処《しょ》遇《ぐう》をどうするかとか、災害が起こった時に怪我した場合は補償《ほしょう》をどうするかとか、なかなか面倒《めんどう》だったんだって。でも、それを乗り越える中で、先の町長と大師市の市長さんは大親友になったって話を聞いたことがあるよ」

私は、なんとか兵頭君を慰《なぐさ》めようとした。

しかし、兵頭君はつっとベンチから立ち上がってしまった。

「すみません。つい、愚痴《ぐち》を言ってしまいました。でも、やるからには、大師市でがんばってくるので、このことは誰にも言わないでください。陰《かげ》で愚痴を言っていたなんて、思われたくないので」

兵頭君はぺこりと頭を下げると踵《きびす》を返した。

ああ……兵頭君、全然、納得《なっとく》してない様子だな。

せっかく相談してくれたのに、役に立てなかった。

お盆休みが明けた。

始業時間が過ぎたのに、推進室に一ツ木さんの姿はない。

「北さん。一ツ木さんはどうしたのですか」

北室長は読んでいた書類から目を上げた。

「松山に出張です」

「出張？　珍しいですね。何の用事なのでしょうか」

「南予町に大学を設立する準備のために、だそうですよ」

えっ？

「一ツ木さん、この前、私にも『大学を作る』って言っていたのですが。どういうことなのでしょう」

北室長は「さあ、どういうことなんでしょうかねえ」と首を傾げた。

「北さんも、具体的な話は知らないのですか」

「はい」北室長は狸《たぬき》顔で苦笑いした。「一ツ木君、面倒臭がって話してくれないですから」

はあ……。

つまり、一ツ木さんは直属の上司にも詳しい説明なしに、松山に行っちゃったと……。

「一ツ木さん、いつも全部やり終わった後で嫌々《いやいや》説明するだけですね」

「よくお判《わか》りで」北室長は腕を組んだ。「ただ、今朝、一ツ木君のスマホに3六歩《ふ》って送ったのに、返信がないのです。一ツ木君、そうとう熱心に動いているのは確かなようです」

へえ。

一ツ木さん、好きな将棋《しょうぎ》のことも忘れているんだ。

しかし、南予町に大学ねえ……。

「できるわけないですよね」

北室長は目を瞬《しばたた》かせた。

「そうでしょうか」

「そうですよ」

南予町の予算全部つぎ込んでも大学を作るなんて無理だ。一ツ木さん、県や文科省に知り合いはいないって言ってた。大学設立に出資してくれるような人もいないようだし、もちろん一ツ木さんにそんなお金はない。これは、どう考えてもできるわけないと思う。

しかし、北室長は、「一ツ木君が作ると口にしたのなら、作ってしまうと思いますが」と言った。

「どうやってですか」

「それは判りません。ともかく、この話は、あまり他の人に広めない方がいいと思いますよ。一ツ木君のことを知らない人が聞いたら、ホラを吹いていると誤解しますから」

「はあ……」

それって誤解なのかなあ。

「一ツ木君、最近、いろいろと動いているようですね。これまでの町おこしは、本人によると防衛戦だったそうです。そして、これからは反転攻勢を始めると言っていましたよ」

「反転攻勢？」

「多分、大学設立は、その第一歩なんじゃないでしょうかね」

「一ツ木さん、南予町の町おこしのことを『人口獲得戦争』とか、『ゲーム』とか言ってます。私……一年以上、推進室にいますけど、一ツ木さんのことがよく判りません」

「そうですねえ……。参考になるかどうかは判りませんが……」北室長は少し遠い目をした。「最初、一ツ木君が推進室に配属された時、彼は、南予町の過去の人口について調査していました」

「過去の？」

「はい。一ツ木君の話によると、今の南予町の人口は幕末・明治維新の頃と同じくらいまで減っているんだそうです」

私はちょっと驚いた。

幕末・明治維新って、新撰組《しんせんぐみ》とか、坂本龍馬《さかもとりようま》とか、勝海舟《かつかいしゆう》とかが活躍していた時代だよね。

そのころと同じ?

「そうなのですか」

「ええ。さらに問題なのは、子どもの人口が平安時代とほぼ同数だということです。当時の記録はほとんどないので、あくまで一ツ木君の推定によるものだそうですが」

「平安時代ですか」

「当時、死亡率の高かった乳幼児の数を除いてすら、そうなんだそうです。一ツ木君、この結果を私に話した時、そうとう深刻な表情で『平安時代からやり直さないと』とため息をついていました」

そうなんだ。

一ツ木さん、いつも飄々《ひようひよう》としているように見えるけど、北室長の前では、そんな表情をすることもあるんだ。

しかし、今の住民の人口が過去のどの時代と同じかというような考え方は、初めて聞いた。他の自治体なんかだと、どうなっているんだろう。昭和の時代の自治体もあれば、江戸時代ってこともあるんだろうな。

でも、平安時代からやり直すってなんだ？　高校時代の日本史の授業を思い出してみても、摂関《せっかん》政治とか、国風《こくふう》文化とかの単語しか思いつかないよ。

「一ツ木さん、そんなことやってたのですね。私が推進室に入った時の最初の仕事は、地図に住民の年齢や性別を書き込むことでしたが」

「そうでしたね」

北室長が懐《なつ》かしそうに微笑《ほほえ》んだ。

「ともかく、一ツ木君は、その時から大学を作ることを構想していたようです。決して単なる思いつきやいいかげんな現状認識で取り組んでいるわけじゃないと思いますよ」

それは判りましたが……。

その時、北室長の机の上の電話が鳴り、私との話は終わった。

北室長は相手の話に頷《うなず》いていたが、「はい、それでは今から行きます」と答えると受話器を置いた。

北室長は眉《まゆ》を寄せている。

「どうかしましたか」

「長期療養をされていた宇都宮《うつのみや》副町長が復帰されたそうです。それはそれで、おめでたいことなのですが、さっそく『町役場の幹部は筆記者を連れて会議室に集まるように』と、宇都宮副町長から指示があったとのことです」

ええっ⁉

宇都宮副町長がまた町役場に出てきた⁉

私の体は、ぶるっと震《ふる》えた。

実は、宇都宮副町長って、私は苦手なんだ。

私が町役場に入った時、社会人の基本、そして公僕《こうぼく》としての姿勢がなってないと宇都宮副町長にめちゃめちゃ怒られた。今でも、そのトラウマがちょっと残っている……。

で、筆記者を連れてって……。今、北室長以外で推進室にいるのは私だけだよね？

私はため息をつくと、ノートとボールペンを手に立ち上がった。

会議室の正面まん中に、宇都宮副町長がどかっと座っていた。

幹部たちは、対面の席で小さくなっている。

まずいことに、どうやら私たちが最後らしい。入室した私と北室長は、宇都宮副町長にじろりと睨《にら》まれた。

それでも北室長は笑みを絶やさず、「遅れましたか」と頭を掻《か》きながら最前列の席についた。

私はというと、北室長の背に隠れるようにして、その後ろの席に座った。

「長期に療養休暇を取り、申し訳なかった」宇都宮副町長はゆっくりと会議室を見渡した。「一応、病床《びょうしょう》にあっても、町役場の状況については報告を受けていた。それで、気がついたことについて、これから伝達する」

私を含め、幹部についてきた若手の職員たちは、慌ててノートやメモを取り出した。

宇都宮副町長は細々《こまごま》した指示を与え始めた。

筆記者は自分の部署に対する指示になると、一言も聞き漏《も》らさないように耳をそばだてている。もしミスったら、あとですごく怒られるからね。

一応の指示が終わったあと、宇都宮副町長はこれ見よがしなため息をついた。

「それはそれとして、私がいない間にずいぶんと町役場は変わったものだな」

「変わったと……いいますと？」

矢野総務課長が尋《たず》ねた。

「例えば、総務課に置いてある二台の大型テレビのことだ」

ああ、そのことか。

総務課の一画に防災センターがあるが、そこに大型のテレビモニターとビデオカメラが設置されているのだ。

「あれは、大師市や更級市と結んだ災害派遣協定によって購入したものです。九月一日から稼働《かどう》させます。大師市や更級市の危機管理室のライブ映像が、常時映し出される予定です。必要な場合は音声も流します。逆に、我々が働いている姿も、向こうのモニターに映されることになります。普段から連帯感を育て、いざという時に意思疎通《そつう》に齟齬《そご》が出ないようにと導入しました」

そう。

一ツ木さんのお友達に富士見さんという方がおられるが、その方も使っているシステムだ。富士見さんが南予町に作ったサテライト工房では、モニターを置いて他の工房や営業所の様子がライブ映像で判るようにしている。

さすがに友人だけあって、一ツ木さんも同じようなことを考えていたらしく、本倉町長に導入を進言していたらしい。

宇都宮副町長は苦い顔をした。

「自治体間の連絡を密にという姿勢に関しては良しとするが、カメラやらモニターやらのことは了承しておらん。予算を使って導入した以上、ただちに撤去《てっきょ》というわけにはいかんだろうが、役に立たなかった場合は、別の目的に使うことも検討しておいてくれ」

「……はい」

「もう先代の町長が亡くなってからずいぶんになる。いつまでも、先代のご意向に添ってというわけにもいかん。だいたい、今まで、何かを変えようとしていいことがあったか。国の方針もあっていろいろと試してみたが、みんな失敗しただろう。補助金で果汁の生産工場を作ったが赤字続きで撤退《てったい》、干物《ひもの》工場は販路が開拓できず閉鎖。南予町の財政は傷が大きくなるばかりだ。町役場は堅実《けんじつ》さが最も重要だ。荒唐無稽《こうとうむけい》な町おこし策などはいらん。ともかく、これからは従来通りの業務をきちんとやってくれ。以上だ。それから北は残るように」

宇都宮副町長の言葉に、幹部たちは、ちらりと北室長を見た。

北室長はいつもの通りの狸顔に笑みを浮かべている。

幹部がみんな退出した後、北室長は、「私に何のご用でしょうか」と宇都宮副町長に尋ねた。

「北。噂《うわさ》によると、私の療養中に、いろいろと好き勝手なことをやっていたようだな。特にあの一ツ木とかいう男……余所者《よそもの》が余計なことをしているんじゃないだろうな」

「余計なこととは？」

宇都宮副町長は顔をしかめた。

「例えば、今日は何をやっているんだ？」

「一ツ木は、今日は松山に出張しております」

「松山で何をやってる？」

宇都宮副町長の質問に、私は首をすくめた。

大学を設立する準備なんて答えたら、どんなことになるか。

「はい。隣の伊達町が、松山市内の県立中央病院の傍《そば》にあった空き家を借りて休憩所に改装したそうです。伊達町の住民が通院する時にそこで休めるようにするためですが、南予町の住民も将来は使っていいということですので、一ツ木君は、実際にうちの住民が利用できるかどうか、調査をするために松山に行きました」

宇都宮副町長は、ふんと鼻を鳴らした。

「それならいいが、私は、これからは、あの男からも推進室からも目を離さんからな」

そう言い捨てると、宇都宮副町長は会議室を出ていった。

「それじゃあ、推進室に戻りますか」

北室長が何事もなかったかのように立ち上がった。

「北さん……。あのう……」

会議室を出た私は、北室長に話しかけた。

北室長は、にっこり笑った。

「宇都宮副町長への答えのことですか。私は嘘はついていません。一ツ木君、伊達町の休憩所にも行くそうでしたから」

うーん、本当かなあ。

北室長、いつもは人に騙《だま》される狸みたいだけど、時々、人を騙す方の狸になったりするからなあ……。

総務課の前まで戻ってきた時、ドアが開いて、兵頭君が出てきた。

兵頭君の顔には、ひどく不機嫌《ふきげん》そうな表情が浮かんでいる。

「どうかしたの？」

私は思わず声をかけた。

「あの自転車馬鹿《ばか》の西原さんがやらかしてくれましたよ。松山の三津浜《みつはま》で転倒事故を起こしたんだそうです。怪我して今、県立中央病院に入院したとか。まあ、足の骨を折っただけで命がどうこうというわけじゃないようですけど、主任から、一応様子を見にいってこいって言われて、今から役場の車で松山に行ってきます」

「えっ？　三津浜で転んだって、今日の話？」

「そうですよ。休み明けの最初の日は有休とってたんだそうです。お気楽ですね」

「でも、なぜ三津浜で? 西原さん、お盆休みは神奈川県の大師市に帰ってなかったの?」

「帰ってましたよ」

兵頭君が吐き捨てるように言うと、町役場の駐車場に向かって踵を返した。

まずい。

こんな不機嫌な兵頭君を一人っきりで西原さんに会わせちゃいけない。

私は、北室長を見た。

北室長は「いいですよ」というように頷いた。

私は、慌てて駐車場に向かう兵頭君の後を追った。

「私も行くから」と、町役場の公用車の助手席にすべり込んだ。「でも、西原さん、どうして三津浜で転んだの?」

「大師市から南予町に戻るついでに、しまなみサイクリングロードでも楽しもうって思ったんじゃないですか。そのついでに三津浜を観光しようとか」

そうかもしれない。

三津浜は、松山の中心部から少し離れた港町で、歴史のある街並みが素敵なところだ。夏目《なつめ》漱石《そうせき》の小説『坊《ぼっ》ちゃん』で、主人公の坊ちゃんが船で上陸したところと言われている。坊ちゃんは、そこから、小さな汽車に乗って松山の中心部にある松山中学に来たことになっていた。

でも、なんだろ……。

なにか、心にひっかかる……。

ハンドルを握《にぎ》る兵頭君は、苦い顔をした。

「ホント、西原さんも木戸さんもお気楽ですよ。南予町がどれだけ苦労して大師市に職員を派遣しているのか判ってないんです」

そう。

人口の多い大師市や更級市なら、市職員も沢山《たくさん》いるだろう。年に二人、他の自治体に出向させるのはそれほどのことじゃないのかもしれない。でも、南予町だと、毎年二人の職員を出すのは大変なんだ。

独身者を中心に派遣する予定のようだが、二期には既《すで》に役場に入って二年目の兵頭君が行かなくてはならなくなっている。そのうち、家族持ちの職員に単身赴任《たんしんふにん》してもらうことになるかもしれない。

この災害派遣協定……ちゃんと回っていくんだろうか。

松山に向かっている間、私は兵頭君とたわいもない雑談をしながら、頭の中では兵頭君にどう言えば西原さんと衝突《しょうとつ》しないですむか必死に考えていた。しかし、その答えが出ないうちに、車は松山市内に入ってしまった。

国道沿いには、飲食店やコンビニ、書店にガソリンスタンドと、いろいろな店がずっと続いている。高校まで松山に住んでいた私でさえ、久しぶりに戻ると人と車の多さにかなり圧倒される。

私もすっかり南予町になじんじゃったかなあ。

「松山で運転するのって緊張します。車線変更が難しいです」

兵頭君も額《ひたい》にちょっと汗を浮かべている。

私はスマホで県立中央病院のページを見た。

「面会時間は三時からみたいよ」

「ちょっと時間がありますね。どうしますか」

私は、北室長から聞いた話をふと思い出した。

「そうだ。せっかく松山に来たんだから、伊達町の休憩施設を見学してみない？」

「何ですか、それ？」

「隣の伊達町が県立中央病院のそばの空き家を借りて、伊達町の人が通院する時に休憩所として使えるようにしたらしいの」

「へえ、面白《おもしろ》そうですね」

私は、もう一度スマホに指を当てた。

「県立中央病院のすぐ傍にあった。駐車場もあるみたい。私がナビするね」

「お願いします」

兵頭君は、私の指示した駐車場に車を入れた。

「この家みたい」

庭木に囲まれた築三十年くらいの木造家屋《かおく》があった。

「本当にこれですか。普通の民家みたいですけど」

「元空き家だそうだから……。あっ。ちゃんと看板が出てる」

私は、『伊達町休憩所』と書いてある看板を指さした。

あれ？

向こうから歩いてきたの、一ツ木さんじゃないかな？

北さんが「一ツ木さんは伊達町の休憩所を調査に行ってる」と言っていたのは本当だったんだ。

一ツ木さんは、ちょっとびっくりしたように私の顔を見た。

「へえ。沢井さんも伊達町の休憩所を偵察《ていさつ》に来たのか」

偵察ねえ。

なんか、「防衛戦」とか、「反転攻勢」とか、今日は一ツ木さんがらみでぶっそうな言葉をよく聞くなあ。

「いえ、見学です」

「ま、いいけどね」

一ツ木さんはそう言うと、声もかけずに休憩所の玄関を開けた。

慌てて私は「こんにちは」と中に向かって挨拶《あいさつ》した。

奥から、エプロン姿の女性が迎えてくれた。

誰かと思ったら、伊達町で副町長をしている葉山怜亜さんだった。

「あら、一ツ木君。それに……えっと、南予町の沢井結衣さんでしたよね」

ええっ？

一度会っただけなのに名前を覚えてくれている。

私も葉山さんのことを覚えていたが、それは若いのに隣町の副町長ということで、びっくりして印象に残ったからだ。一方、葉山さんから見たら、私は隣町の町役場の一職員だよ。普通、すぐに忘れちゃうよね。

やっぱりエリート官僚ってすごいな。

「お久しぶりです。こちらは、同僚の兵頭航介です。あの……ちょっと見学してもいいですか」

「もちろんです」葉山さんはにっこりと笑った。「さあ、どうぞご遠慮なくお入り下さい」

案内された部屋は、元はダイニングキッチンだったようだ。
二、三人の高齢者が、ダイニングのソファに座ってお茶を飲んでいる。続きの和室では、畳《たたみ》の上で横になっている老婦人もいた。その婦人に団扇《うちわ》で風を送っているのはご主人なのだろう。
私たちはキッチンに置かれたテーブルを勧められた。

「外は暑かったでしょう。冷たいお茶をいれますね」と、葉山さんは台所の冷蔵庫から冷茶ポットを取り出した。

「副町長さんがこちらに詰めているんですか」

「職員が交替《こうたい》でここに来ています。ネットがあれば、どこでも業務はできますから」

確かに、キッチンの別のテーブルにはノートパソコンが置かれていた。その画面には、メールとか、表計算とか、他にも何か判らないアプリケーションがいくつも表示されている。

葉山さんはにっこり笑うと、私たちの前に冷たい麦茶の入ったコップを出してくれた。

「怜亜ちゃん、こっちにもお茶のおかわりを貰《もら》えるかな」

高齢者の一人が、空のコップを手で振った。

「はいはい。すぐにお持ちします」

葉山さんはリビングにコップをとりにいった。

へえ。

総務省の官僚で若くして副町長になったエリートさんなのに気さくな人だなあ。

高齢者の皆さんはすっかりくつろいでいる。

調子が悪くなったお祖母ちゃんが県立中央病院で精密検査をする時に一緒に来たことがあるから判るが、高齢者が遠くの病院に通うのって、けっこう体に負担が大きいんだ。

検査の合間の時間や、帰りのバスの時間待ちに畳の上に横になれるのは、とてもありがたいだろうな。

それに元民家ということで、なんだか親戚や友だちの家のようにくつろげるし。

お茶のおかわりを持っていった葉山さんが戻ってきた。

「葉山さん、とても素晴らしい施設ですね」

「ありがとうございます。これからは、がんセンターや愛媛大学附属病院などの傍にも休憩所を作りたいですね。将来は、伊達町から出るバスにそれらの休憩所を循環《じゅんかん》させるというような計画も進めています」

私はため息をついた。

「伊達町の方がうらやましいです」

「あら、聞いていません？　今は試行期間なので使っているのは伊達町の住民だけですけど、将来は、休憩所もバスも、伊達町が入っている広域市町村圏の方なら誰でも利用できるようにしますよ」

「そういう話を聞いてはいたんですけど、本当だったのですね」

「もちろんです。高齢化問題が深刻化する中、ご近所の自治体同士、協力しないと。あと、政府の民泊《みんぱく》の改革にのっかって、住民が手術をする場合などには家族がここに泊まれるようにもするつもりです。東京五輪や観光振興《しんこう》のための施策《しさく》でしょうが、使えるものは何でも利用しないと。そういうわけで、南予町の方も、是非《ぜひ》、ご利用くださいね」

葉山さんは、また魅力的な笑みを浮かべた。

きっと、出向元の総務省のバックアップなんかもあるからできることなんだろうが、それでも、自分の自治体だけでなく周辺のことまで考えているなんて、さすが官僚だわ。一ツ木さんは他の自治体と戦争をするって言っていたけど、葉山さんはもっと広い範囲……ひょっとしたら国全体のことも考えているのかもしれない。

そんな難しいことはともかくとしても、将来的には、県立中央病院にお祖母ちゃんを連れてくる時、畳の上でゆっくりと横になってもらえる。それだけで本当にありがたい。私は素晴らしい話に感動したのだが、ふと見ると、兵頭君は何かむっとした表情を浮かべている。一ツ木さんの方はというと、休憩所の設備を不躾《ぶしつけ》にもじろじろと眺《なが》めていた。

「あ、そろそろ県立中央病院の面会時間が始まりますので、おいとまします」

葉山さんに変に思われてはいけないと、私は慌てて立ち上がった。

「また来てくださいね」

葉山さんは、私たちを玄関まで見送ってくださった。

「葉山怜亜か……名前を覚えておかないと」

玄関を出た私は、一ツ木さんがぽつりと言った言葉に驚いた。中学、高校、大学と同期だったのにすっかり葉山さんのことを忘れていた一ツ木さんのセリフとも思えなかったからだ。

「葉山さんがどうかしたのですか」

「南予町の存続のためには、東京や松山や宇和島と戦争だ……とは思っていたが、国とも戦うことになったか」一ツ木さんはにやりと笑った。「面白いゲームになってきたじゃないか」

ええっ⁉

国と戦う⁉

「一ツ木さん、何を言っているんですか？」

一ツ木さんは、変な顔をした。

「沢井さん、判ってて伊達町の休憩所を偵察に来たんじゃなかったの？」

「いえ……。大師市から出向してきた西原さんが、転倒事故を起こして、そのお見舞いに県立中央病院に……」

「西原？」一ツ木さんはちょっと首を傾《かし》げた。「ああ、沢井さんと似たようなことやってた人ね」

そう言うと、一ツ木さんはスタスタと元来た方向に歩いていった。

えっ？

私と似たようなこと？

一ツ木さんの言葉の意味が判らなくて呆然《ぼうぜん》としていると、「やっぱり、南予町の方針って間違っているんじゃないですか」という不機嫌な声が聞こえた。

振り返ると、むっつりしたままの兵頭君が立っていた。

「どういうこと？」

「例の災害派遣協定って、協定を結んだ市町だけで助け合うことになってますよね。たとえ、救援に向かう途中でさらに被害を受けた地域があったとしても、無視して協定の町まで向かう……。助け合いとかいいながら、周辺自治体はみんな協力していこうっていう伊達町と較《くら》べて、すごく利己《りこ》的じゃないでしょうか」

ああ……。

そういうとらえかたもあるんだ……。

特に、一本気《いっぽんぎ》な性格の兵頭君なんかは、そう感じるのかもしれない。

確かに、そういう一面もあるのかもしれない。でも、兵頭君をこんな気持ちのままで大師市に行かせるのはまずいなあ。

かと言って、兵頭君にどう言っていいか判らない。

頭の中がぐるぐる回る。なんだか、どんどん状況が悪くなっていってるし。……どうしよう。

私は混乱したまま、県立中央病院の門をくぐった。

「やっぱり、松山の病院ってすごいですよね」

兵頭君の言葉に私は顔を上げた。

県立中央病院は松山市の中心部にあるが、診療棟は地下二階地上十二階建ての巨大なビルで、屋上にはヘリポートもある。他にも各種の建物があり、ちょっとした町くらいの規模だ。

私たちは、案内所で西原さんのいる病室を聞き、エレベーターに乗った。

「こういうの見ると、南予町と松山の医療格差って大きいって感じます」

兵頭君は、ため息をついた。

「でも、葉山さんの計画が順調に進んだら、兵頭君のお祖父《じい》様やお祖母様も楽に利用できるようになるんじゃないかな」

私の言葉に、兵頭君は今日初めて嬉《うれ》しそうな表情を浮かべた。

葉山さんって、やっぱり素晴らしいな。不機嫌だった兵頭君の顔に笑みを戻すなんて。

私にはとても無理だった。

エレベーターを降りた私たちは案内板を調べた。

「西原さんの病室はこっちみたい」

西原さんの名前を聞いた兵頭君は、元の仏頂面《ぶっちょうづら》に戻ってしまった。

ああ……。

喧嘩《けんか》になんか、ならなきゃいいんだけどなあ。

ホント、どうしよう……。

「おじゃまします」

私と兵頭君は、西原さんの病室に顔を覗《のぞ》かせた。

西原さんは、ベッドに横になっていた。左足は大きなギプスで覆《おお》われている。

西原さんは、突然の見舞いにちょっと驚いたような様子を見せたが、また、無表情に戻った。

「あのう……足のご様子は、大丈夫ですか」

「ああ。三津浜で転んで、なんとか自力で県立中央病院までは来たんだが、ここでリタイアした」

私は、ちらりと兵頭君の方を見たが、兵頭君はむっとした顔のまま何も言わない。まずいよ。

私は慌てて、「何か必要なものはありますか」と聞いた。

「たいていのものは、病院内の売店で買えるようだ。ただ、南予町に戻る途中で買った土産《みやげ》ものは持って帰ってくれないか。こっちは、南予町町役場の職員で分けてくれ。そっちは、一応日持ちはするものだが、どこかの冷蔵庫に保管しておいてほしい。あとで俺が配るつもりだ」

西原さんが指さした先に、綺麗《きれい》に包装された箱が五つずつ重ねてあった。

えっと……。

「役場のみんな用のは『鬼太郎《きたろう》せんべい』で、『因幡《いなば》の白うさぎまんじゅう』は冷蔵庫に保管ですね」

「そうだ。俺の方は、一応、二日後に検査を受けた後、問題なければ退院していいって言われている。その後は南予町の診療所で治療を受ける」

「判りました。他に何か」

「何もない」

「町役場の誰かに何かお伝えしましょうか」

「特にない」

西原さんはそう言うと、黙《だま》り込んでしまった。

無口な人だとは聞いていたが、南予町からわざわざ来た見舞い客に対してこれじゃあなあ。

更級市から来た木戸さんは明るい性格だから、多少勤務態度に問題があっても見逃されていたところがあるけど……。

これからの一年、大師市で西原さんと兵頭君は、うまくやっていけそうもないなあ……。

「それでは、私たちはこれで」

会話を続けられなくなった私は、頭を下げると、渡されたお土産の袋を持って病室を出た。

お土産、けっこう重いなあ。

結局、お見舞いの間中、兵頭君は一言も喋《しゃべ》らなかった。

まあ、その方がいいかもしれない。

兵頭君が何か言ったら、さらに状況は悪くなっただろう。

私たちは無言のまま、駐車場に向かった。

でも、何か……、何か心にひっかかっている……。

何だろ……。

私は今までのことを思い返してみた。

そうだ。

最初にひっかかったのは、総務課から出てきた兵頭君の話を聞いた時だ。それから、さっき、西原さんと話していた時……。

「何だったっけ……」

つい口に出た。

「どうかしたんですか」

兵頭君が怪訝《けげん》な表情で私を見た。

「西原さんのことで……なんとなくなんだけど……変な感じがするの」

「はあ？　西原さん？　もう放っておけばいいんですよ」

私は首を振った。

そういうわけにはいかない。

何かで違和感を抱いた時、何かの陰には別の何かが隠れているかもしれないってことは、推進室に入って一ツ木さんや北室長と一緒に働いていて学んだんだ。そして、その別の何かは、とても大切なことだったりする。

「……軽く見ちゃいけないんだよ」私は自分にも言い聞かせるように言った。「……そうだ……西原さんは、あと十日ちょっとで、神奈川県の大師市に帰るんじゃなかった？」

「それがどうかしましたか」

「バス停で会った時『今も総務課の部屋に西原さんのトレーニング用自転車が一台置いてある』って、兵頭君、言っていたよね。それなのに、もうすぐ大師市に帰るこの時期に、別のもう一台に乗って南予町に戻ってくるかな」

「それはまあ、そうですが」

「それに、西原さんが転んだのは三津浜って……」

「そう言ってました」

「三津浜って、松山の中心部から離れた場所にあるよ」

そう。

夏目漱石の『坊ちゃん』で、坊ちゃんは三津浜から小さな汽車に乗って、松山中心部であるこのあたりまで来たのだ。

私は松山の地図を頭に浮かべた。

三津浜からここまでは、五キロ以上はありそうだった。

「それがどうかしたのですか」

「西原さん、なんとか自力でここまで来たって言ってたけど、骨折した足で自転車を漕いで、ここに着いたのかな」

「そう言えばそうですね。折れた足で自転車なんか漕いだら、悪化するかもしれない。そういうのって、スポーツやってる人は避けますね」

兵頭君も変だと思い始めたようだ。立ち止まって宙を睨んでいる。

「西原さん、ここまで来たってことは、ここの駐輪場に自転車置いてあるはず。ちょっと駐輪場を見てみようよ」

「それが重要なことなんですか」

「判らないけど、ちゃんと調べておかないと」

私は、兵頭君を引っ張るようにして駐輪場に入った。

「競技用やツーリング用の自転車ならそんなにないでしょうから、すぐに見つかると思いますが」

兵頭君はそう言ったが、並べられた自転車やバイクの中で、私が気になったのは、別のものだった。

「これ……」

私が指さしたのはバイクだ。神奈川ナンバーで、ウィンドシールドが割れている。

「これですか。五十ccか、百十ccのカブですね。ほとんど新車のようですが」兵頭君は、メーターに顔を寄せた。「走行メーターによると二百キロも走っていないのに、ウィンドシールド壊しちゃったんだ。持ち主はかわいそうに」

「これ、きっと西原さんのバイクだ」

兵頭君はびっくりしたように、私を振り返った。

「えっ？　自転車で転倒したんじゃないんですか」

「私も最初、西原さんが転倒事故を起こしたって聞いた時に、自転車で転んだって勝手に思ってた。でも、西原さん、『自転車で転んだ』って言ってた？」

「いいえ……」兵頭君は、はっと顔を上げた。「バイクに乗っていたから、なんとかここまではこれたんだ。カブならギアをトップに入れたままでも発進できるから、左足を操作に使う必要がないです」

「そうなんだ。でも、走行距離が二百キロもないってどういうことかな。神奈川県って、ここから千キロくらいあるよね」

「つまり、バイクは殆《ほとん》どの行程を搬送《はんそう》されてきたってことですか。関東からだと、高知行きのフェリーに乗れば二百キロも走らないで南予町に着きますが」

私は首を振った。

「その経路だと松山は通らないよ。それに、西原さんのお土産……『鬼太郎せんべい』って、鳥取県の境港《さかいみなと》のお土産じゃないかな。境港って、『ゲゲゲの鬼太郎』の作者の水木《みずき》しげるさんの出身地で、『ゲゲゲの鬼太郎』で町おこししてる。それに『因幡の白うさぎ』の『因幡』っていうのも、鳥取県のことじゃなかったっけ。つまり西原さんは、日本海側を通って南予町に戻ろうとしたんだ」

「でも、どうして、そんな遠回りを？」

私ははっと思い当たった。

「災害派遣協定を思い出して。もし、兵頭君が神奈川県の大師市に出向している時に東南海・南海地震が起こったらどうする?」

「それはもう、なんとしても帰ってきます」

「どうやって?」

「飛行機は無理ですね。四国の空港はだめになっているでしょう。それに災害派遣協定では、大師市はピックアップトラックに救援物資を満載して南予町に向かうことになっていますか。だから陸路を使うとして……山陽道《さんようどう》は、大打撃を受けている可能性がありますから、だめか……。あっ」兵頭君は目を見開いた。「だから、日本海側か……」

「ピックアップトラックに救援物資を満載していこうとしても、日本海側から瀬戸内側に出る道も壊れているかもしれないよ」

「それでピックアップトラックに積んでいたカブに乗り換える……。カブなら損傷《そんしょう》した道路でもなんとかなるかもしれない……。少しは救援物資も載せることができる」

兵頭君は唸《うな》った。

「それに四国と本州を結ぶ橋は落ちないとしても、当面は調査のために通行止めになっていると思う。二〇〇一年の芸予《げいよ》地震の時もしばらく通れなかったって聞いてる」

「それで三津浜……。西原さん、何かの船にカブを載せて中国地方から三津浜に渡ったんだ……」

私は頷いた。

「そういう可能性はあるよね」

兵頭君の顔に、汗がびっしょりと浮かんだ。

「僕、西原さんに確かめないと。そして、もしその通りなら、今までのこと謝らないと」

そう言うと兵頭君は、病棟の方に駆けだした。

「それで西原さんは、広島までは、ピックアップトラックにカブを載せてきた……というわけですか」

北室長が、県立中央病院から戻った私の報告に深く頷いた。

先に戻っていた一ツ木さんは、聞いているのかいないのか、いつものように外国語の本に目を落としている。

推進室に一緒についてきた兵頭君が続いて説明した。

「ピックアップトラックは、西原さんと、第二期で来る予定の職員が交替で運転していたそうです。その職員は広島で西原さんと別れて、大師市に戻りました」

「二人で、東南海・南海地震の時にどうやって南予町に来るか研究していたのですね」

「ただ、西原さん、カブを載せてくれた船の船長に聞いたそうですが、東南海・南海地震が起こったら、瀬戸内海《せとないかい》は漂流物でいっぱいになるかもしれない。その時に、船を出せるかどうかは判らないって……。今後の検討課題だそうです」

「そうなったら、四国は孤島になりそうですね」

兵頭君は頷いた。

「僕も西原さんと一緒に考えないといけないです。でも、まずは、西原さんのカブを南予町まで搬送しようと思います。それで西原さんが大師市に戻る時……僕が大師市に行く時は、レンタルのピックアップトラックにカブを載せて神奈川まで運転しようかと思ってます。西原さんには助手席に座ってもらって、次の関東大震災が来た時、僕がどうやって大師市に行くか教えてもらおうかと……そんなことを西原さんに提案したら、喜んで賛成してくれました」

「それはいいですね。兵頭君、大師市では西原さんと仲良くやっていけそうですね」

兵頭君は頷いた。

「はい。今は、西原さんのことを本当に尊敬しています。西原さんが自転車で南予町中を走り回っていたのって、トレーニングという意味もありますけど、南予町のことを少しでも把握《はあく》したかったそうなんです」

そう。

一ツ木さんが『伊達町休憩所』の前で「西原さんは沢井さんと似たようなことをしている」って言っていたことの意味が判った。

私がこの推進室に入って最初に与えられた仕事は、地図に全住民の家族構成などを書き込むことだった。きっと北室長は、私が南予町の全体像を理解できるように、その業務を命じたんだ。

しかし、西原さんは誰から言われるわけでもなく、暇《ひま》があれば自転車で町の隅々《すみずみ》まで走って、南予町を知ろうとしていた。

「西原さんがこんなにも真剣に南予町のことを考えてくれていたなんて、思ってもいませんでした。僕、上っ面だけで人を判断していたんです。それに較べて、沢井先輩って、本当にすごいです」兵頭君はキラキラした目で私を見た。「僕も沢井先輩に学んだとおり、しっかり考えることにしました」

いやいや。

そういうこと、北室長と一ツ木さんの前で言わないでよ。

赤面するじゃない。

「それでは、西原さんのお土産は推進室の冷蔵庫に保管することにしましょうか」

北室長の言葉に兵頭君は頭を下げた。

「そうしていただけるとありがたいです。総務課の冷蔵庫はいっぱいですから。『鬼太郎せんべい』の方は、この後で町役場の皆さんに配っておきます。僕、『鬼太郎せんべい』を配りながら、町役場のみんなに、今回の件を話そうと思っています」

北室長はにっこり笑った。

「五箱の『鬼太郎せんべい』が職場向けということは、残り五箱の『因幡の白うさぎまんじゅう』は、職員じゃない誰かに渡すつもりなのでしょうね。西原さんには、職場だけでなく、きっと南予町にお土産を渡すような人ができたんでしょう」

北室長の言葉に、兵頭君は頷いた。

「西原さんの人柄は、判る人には、判っていたんですね」

「それに、前町長の親友だった大師市の市長さんは、一番の人材を送ってくれたということも判りましたね」

「まさか」兵頭君は、はっと顔を上げた。「……ひょっとして、長野から来て釣りばかりしているように見えた木戸さんも」

北室長はにっこり笑った。

「年寄りの勘《かん》で判るのですが、あの人も、陰では西原さんと同じように南予町のことを真剣に考えて、いろいろとやっているように思えます」

一ツ木さんが読んでいた本から顔を上げて、ちらりと北室長の顔を見た。

「やっぱり、そうだったんですか」兵頭君は、感心したように頷いた。「僕は今まで災害派遣協定って、何か利己的な感じがしていたんですが……今も、完全に納得できたかどうかは判らないですけど……でも、ともかく、僕も今は大師市の人たちのためになるようにがんばろうと思っています。僕が大師市でがんばっているの、総務課のモニターで見ていて下さい」

兵頭君は、私たちに頭を下げ、推進室を出ていった。

その背に向かって、北室長は、うんうんと頷いた。

「総務課のモニターで兵頭君や西原さんが一所懸命《いっしょけんめい》働いている姿を見たら、職員もきっと互いの職場を映しあうことの重要性が実感できるかもしれません。それが、宇都宮副町長に対して、どれだけの力になるかは判りませんが」

北室長は何か考え込んだ様子だが、私の方は、北室長の言葉に驚いていた。

「私も反省しないと。木戸さんが真剣に南予町のことを考えて下さっていたとは、私も気がつきませんでした。ただの釣り好きとばかり……」

北室長は狸似の顔を私に向けた。

「兵頭君の熱意に水を差さないように、ああ言っただけです。木戸さんは、多分、ただの釣り好きです」

今まで黙って聞いていた一ツ木さんも大きく頷いた。

「ただの釣り馬鹿ですね」

第四話　トンネルの狭間《はざま》

「今晩は、『浜辺の銀河』鑑賞会にお集まりいただき、どうもありがとうございました」

いつも以上に上機嫌《じょうきげん》の本倉町長が、町役場の前に集まった十数人のお客さんたちを見渡した。

招待客は、松山、広島、大阪から来た旅行会社の人たちだ。他に、ネットに旅行関係の記事を載せている有名なブロガーさんもいる。なんでも、その人のページは月に百万人くらいに読まれているらしい。

町役場側は、本倉町長と若手議員の林宏也さん、それに、こういう土曜日のイレギュラーな業務には必ず駆り出される推進室のメンバー。もっとも、北室長は長期出張で東京に行っているから、参加しているのは一ツ木さんと私の二人だ。

「今日は、南予町が誇る『浜辺の銀河』をご紹介します」

本倉町長が胸を張った。

そう。

実は先日、海の家で開いた七夕《たなばた》祭りを訪れた誰かが、浜辺から見える天《あま》の川《がわ》を画像サイトにあげた。それがネット上で一気に広まったのだ。

それを見逃す本倉町長ではない。

南予町の浜辺を観光名所にしようと、『浜辺の銀河』鑑賞会を企画し、影響力がありそうな人たちを集めたというわけ。

まあ、いつもなら本倉町長の熱意は空回りに終わるのだが、今回はうまくいきそうな気がする。実際、あの浜辺で見た天の川は綺麗《きれい》だったからね。

「それでは、商店街を通り抜けて現地に向かいましょう」

満面の笑みを浮かべた本倉町長が先頭にたって歩き始めた。

招待客が後に続く。

林さんと、一ツ木さん、それに私は最後尾についた。

しかし、何か一ツ木さんの表情が思わしくない。

「一ツ木さんは、観光による町おこしには消極的ですね」

一ツ木さんは首を振った。

「いや、一時的なイベントに頼る観光には……だよ。一年に数日しかないようなイベントに人を招いても費用対効果は薄い……というか、たいていマイナスだ。それに対して、星空を売り出すというのはそれほど悪くない。一年中星空はあるからね。天の川だって、見頃はやはり七夕あたりだが、季節を通じ見ることはできる。それに天の川だけじゃない。星を見るのなら、冬もいい。大気の揺らぎが少ないからはっきり見える。冬の大三角形を中心とした星座などは特に魅力的だ。さらに、今のところ星空を使って町おこしをしているのは東北や中部の山間部、日本海、それに沖縄などで、このあたりではあまり聞かない。競争相手も少ないだろう。観光客がいくらお金を落としてくれるか、そして、それが移住に繋《つな》がるかは心許《こころもと》ないが、そんなに悪い発想じゃないと思っているよ。しかし……」

「『しかし』って、何ですか」

「ま、見過ごしてくれればいいんだが」

そう言うと、一ツ木さんは何か考え込んでしまった。

こんな風になった一ツ木さんは説明なんかしてくれることはないから、私も黙ってしまった。

一行は、商店街を抜けた。

「この商店街は?」

旅行業者の一人が本倉町長に質問した。

「南予町一番の商店街です。まあ、田舎《いなか》ですから、日が落ちるとすぐに閉めるんですが」

おやおや。

本倉町長、調子のいいこと言っているな。

本当は、日中でもシャッターが下りている店が多いですよ。

「この『浜辺の銀河』での町おこしが成功すれば、大々的に町の特産品なども売っていこうと思っています」

「南予町の特産品と言えば竹細工ですが、そうした品を？」

ブロガーの人が質問した。

「竹細工？」

本倉町長は怪訝《けげん》な顔をした。

「南予町の竹細工です。確か、上甲さんとかいう職人さんが有名でしょ？」

「ああ、ジョウコウさんの竹細工ね」本倉町長はうんうんと頷《うなず》いた。「ジョウコウさんの竹細工も並べましょう」

おやまあ。

本倉町長……、上甲さんのこと知らないな。

どうやら、ブロガーの人も気づいたらしい。「上甲さんは、まだ国や県の表彰こそされていないものの、彼の作った日用品は、その世界では高い評価を受けていますよ」と眉《まゆ》を顰《ひそ》めた。

「もちろん、存じています」

本倉町長、知っていると押し通す気だ。

といっても私もそんなに詳しい訳じゃない。

ただ、お祖母《ばあ》ちゃんちには上甲さんの作った竹細工の籠《かご》やザルがある。私もお料理でよく使っている。

南予町に古くから住む人は、みんな一つ二つ持っているんじゃないかな。

「必ず、ジョウコウさんの竹細工を販売するコーナーを商店街のどこかの店に作らせましょう」

本倉町長は安請け合いした。

「まずい展開だ」

林さんが呟《つぶや》いた。

暗い中でも、林さんの顔色が変わっているのが判《わか》る。

えっ？

どういうこと？

確かに、本倉町長の安請け合いには困ったものだけど、今でも営業しているお店に頼めば、一軒ぐらいは置いてくれるんじゃないのかな。

理由を聞こうとしたが、ちょうど一行が浜辺に到着したので、私は確かめる機会を失ってしまった。

浜辺には海の家の灯《あか》りが煌々《こうこう》と灯《とも》っている。

けっこうな音量で流行の曲も流れていた。

「海の家では、いろいろな食事を提供する予定です。今は夏限定ですが、観光客が増えたら年中対応させます」

海の家の陰から、浴衣《ゆかた》姿の三崎紗菜さんが現われた。

浜辺で紗菜さんがお客様を迎えるというのは、本倉町長の演出だ。

本倉町長のアイデアって外れることが多いが、今回は、決まったようだ。ほう……という賛嘆《さんたん》の声が上がっている。

「こちらの方は？」

「うちの職員です」

本倉町長が自慢げに胸を張った。

「職員さん？」

皆さん、びっくりしている。

それはそうだ。紗菜さんは、愛媛でも確実に五本の指に入る美人だ。しかも、性格もいいし、それが、雰囲気にも表われている。

視線に戸惑ったのか、紗菜さんは、すっと一ツ木さんの傍《そば》に寄った。

ブロガーの人たちが、「こちらの方をイメージ・パーソンに使いたいですね」とか言いながら、紗菜さんにスマホを向けた。

もちろん、隣の一ツ木さんは、画面に入らないようにしている。

これは、うまくいくかも。

一通りの撮影会が終わった後で、一行は海の家に向かった。

ソーセージやイカ焼きなどの定番が並んでいる。

「これはねえ……」

旅行業者の女性が、出されたソーセージをかじりながら首を捻《ひね》った。

「何か問題点でも」

町長の質問に女性は眉を顰めた。

「こういったものって、全国、どこの海の家でも出すでしょう。南予町で差別化を図《はか》れるものはありますか」

本倉町長は、手を打った。

「もちろんです。実は南予町には、南予ちゃんぽんというB級グルメがありまして、それを出しましょう」

ええっ⁉

食堂で見たことあるけど、あれ、名物だったの？

初めて聞きましたよ。

というか、これも本倉町長の即興だな。

しかも、ちゃんぽんって、八幡浜市が名物として絶賛売り出し中ですよ。

私も休みの日に食べにいったことがあるけど、本当に美味《おい》しいものだった。

八幡浜には九州の別府《べっぷ》方面に行くフェリーがあるので、観光客は、八幡浜でちゃんぽんを食べてから、船旅を楽しんでいるという。

それをパクるんですか？

「なるほど、『ちゃんぽん』はいいですね。夏、汗をかいて辛いものを食べたくなりますし、冬は温まります。是非《ぜひ》、その線で」

いやいや……。

八幡浜、怒るって……。

とはいえ、星空を売り出すのなら、冬の季節は外せない。

一ツ木さんの言うとおり、寒い日には星が本当にきれいに見える。シリウスなんか私のお気に入りだ。

シリウスを見ながら、ちゃんぽんをするっていうのは、素敵かもしれない。

「あとね、音楽は消した方がいいですな」

旅行会社の社長さんが、海の家のスピーカーを指さした。

本倉町長がまた怪訝な顔をした。

「音楽、消すんですか。それじゃ、他の浜辺と変わらなくなりませんかね。ここは、観光地だって自己主張しないといけないのでは？」

社長さんは首を振った。

「都市部では、色と音が過剰なんですよ。そうしたものに疲れた観光客は、静かな浜辺で癒《いや》されたいのです」

確かになあ。

曲に好みがあるだろうし。

本倉町長の指示で、海の家の店長さんが灯りと音楽を落とした。

目の前が真っ暗になり、さらに音が消えたせいで、一瞬、自分がどこにいるのか判らなくなってしまった。
しかし、気分を落ち着けると、波の音が聞こえてくる。
本当だ。
なんだか、すごくいい。
それでも、派手好きの本倉町長は、少し不満そうだ。
「まあ、夜はそういう演出にいたしましょう」
「空が……」
誰かが、感嘆《かんたん》の声を上げた。
みんなが、一斉《いっせい》に空を見上げる。
おお……という声が続いた。
海に銀河が立ち上がっている。
織姫《おりひめ》や彦星《ひこぼし》も見える。
あたりには、波の音しか聞こえない。
波打ち際では、夜光虫《やこうちゅう》の光が淡《あわ》く光っている。
海と空の光に、一行のお世話をする役目の私まで、しばし言葉を失ってしまった。
「夜光虫ですが、お酒などを撒《ま》くと、刺激でいっそう光るんですよ」

本倉町長が、いつの間にか取り出したカップの日本酒を、海に撒いた。

夜光虫が一斉に光った。

「いや……。そういう演出はいいです」

ブロガーの人がはっきりと眉を顰めた。

「そうですか。面白いのに」

本倉町長は、ちょっと残念そうに空《から》になったカップを鞄《かばん》にしまった。

今の演出はハズレだったようですよ、町長……。

「しかし、確かにいい光景だな」

旅行会社の社長さんがため息をついた。

これは……、本当にうまくいくかも。

南予町に住んでいる私も、こんな光景が見られるとは思っていなかった。

この町に住んでいて良かったなと思った。この光景を住民が見れば、南予町に愛着を持って、町に留《とど》まってくれるかもしれない。ひょっとしたら観光客の中に、移住を決める人が出るかもしれない。

私はちょっと興奮した。

しかし、隣の一ツ木さんはずっと顔をしかめたままだ。

何の問題があるんだろう。

その時、岬の向こうから、船が現われた。

「クソ……」

一ツ木さんがぼそりと呟いた。

船は、煌々と灯りを灯していた。

船の灯りのせいで、星空の一部が見えにくくなった。

さらに間の悪いことに、岬を回る車のヘッドライトが空を薙《な》いだ。

「これは……」

一行の中から戸惑いの声が上がった。

「船の灯りと、岬を回る車のライトがじゃまだな」

そんな声が次々に聞こえてくる。

「やっぱりそうなるか」

一ツ木さんがぽつりと言った。

そうか、一ツ木さんが心配していたのはこのことか。

「大丈夫です」本倉町長が慌《あわ》てて言った。「その件に関しましては、ここにいる推進室の者が対応しますので」

ええっ⁉

私たちがなんとかするの⁉

無茶です！　船の灯りを消すなんて……。安全に航行するために必要なものだろうし。

ましてや車のヘッドライトを止めるなんてできっこない。

さすがの一ツ木さんもびっくりしたような目をしている。

「どう対応したのか、のちほどご連絡下さい。それで、こちらも対応を決めます」

旅行会社の社長さんが冷たい声で言った。

結局、鑑賞会の帰り道は、何かよそよそしい雰囲気になってしまった。

本倉町長の調子の良さにすっかり気づいてしまったブロガーの人が、商店街を歩きながら、「上甲さんの竹細工の件は大丈夫なのでしょうね」と念を押した。

「それはもう」

本倉町長はがくがくと頷いたが、林さんが「うっ」と唸《うな》ったのを私は聞き逃さなかった。

私は林さんに近寄り、「どうかしたのですか」と小声で聞いた。

「上甲さん、南予町を出る」

「えっ？　竹細工の上甲さんが？」

「そう。この鑑賞会の直前に聞いた」

そうか。

それで林さん、商店街で本倉町長が安請け合いした時に困ってたんだ。

「お体でも悪くされたとかですか」

「いや、いつも通り、元気に働いていたよ。出ていく原因は、トンネルの崩落《ほうらく》じゃないかな」

「あ……、あの事故ですか」

確か、上甲さんのお家は伊達町との境に近い竹林の中にある。

江戸時代、南予町の人たちは、いくつもの峠道を越えて伊達町やその先の松山市に行っていたのだが、明治期にトンネルができて、ずいぶん行き来が楽になったらしい。上甲さんが住んでいる集落にも、トンネルを使って松山に行く人向けの店ができたりして、かなり賑《にぎ》わっていたようだ。

しかし、別の国道トンネルが開通してからは、上甲さんの住む集落を通る道を使う人は近辺の住民に限られるようになり、だんだんと寂《さび》れてしまった。集落は今や消滅し、上甲さんのお家だけになっている。

そのため道やトンネルの補修がおろそかになっていたのかもしれない。ついに一ヵ月ほど前、トンネルの天井の壁が落ちたのだった。

「崩落したといっても、一部だけどね。二キロぐらいのコンクリート片だった」

「二キロっていっても、頭に直撃したら大事《おおごと》ですよね」

「もちろん、緊急の対策は行なわれた。僕や北室長も県に働きかけて、ようやく来年度の予算で根本的に修復することになりそうなんだ」林さんはため息をついた。「その吉報を今日、上甲さんに伝えたんだが、『儂《わし》は出ていく』って……」

「来年度まで待てなかったのでしょうか。崩落したのは伊達町に通じるトンネルですよね。南予町側のトンネルは無事なんでしょう?」

「南予町側のトンネルも同時代に開通したものだ。そちらも一応の安全チェックは済ませたし、来年は本格的に直すことになるだろう。しかし、近辺に住む人がいなくなれば、生活道とはならない。予算は通らないだろう。このままあの道は廃道、トンネルは廃隧道《ずいどう》ということになる」

「それは残念ですね」

「残念ではすまないよ。南予町は山と海に囲まれている。江戸時代の昔から使われていた峠道は、ずいぶんなくなってしまった。一つ、二つの幹線に頼るしかないのが現状なんだ。しかし、それは危険なことだ。もし南海トラフ巨大地震が起こってその幹線が通れなくなっても、代替する道はない」

ふと、大師市に行っている兵頭航介君の言葉を思い出した。

「漂流物のせいで船が海に出られなくなる可能性もあるそうですね」

「四国は他の地域と分断される可能性があるが、その中でも南予町は陸の孤島になりかねない。もっとも、それは南予町に限らず、他の自治体も同じだ。だから、周辺の自治体に通じる道は少しでも残すべきだが」

今まで黙っていた一ツ木さんがふんと鼻を鳴らし、口を挟《はさ》んだ。

「南予町の多くのインフラは、人口が今の二倍以上あった時に作られたものが多いですよ。老朽化も進んでいます。今の人たちでは支えきれないでしょう」

「しかたがないと言いたいの？」

林さんが眉を寄せた。

「今までとは違う工夫が必要だと言いたいだけです」

「どんな工夫？」

「人を増やせばいいんですよ。どこかから引っ張ってきてでも」

「うまくいったとしても時間がかかる」

林さんは不機嫌そうに唸った。

私は、「上甲さんは余所《よそ》で竹細工を作るのですか」と話を元に戻した。

林さんは首を横に振った。

「竹細工って、竹林と密着した仕事なんだ。いつも山を見回って、竹を見ていないといけないらしい。つまり、あそこを出るということは、引退するんじゃないかな」

私は一行の先頭で、南予町の観光資源をアピールしている本倉町長の背中を見た。

「それじゃ、本倉町長がみなさんに約束したことは」

「全て反古《ほご》になる。船や車の灯りを消すわけにもいかないだろ。上甲さんの竹細工は手に入らなくなる。今回の本倉町長の振興策は、やっぱりダメになりそうだ」

一ツ木さんが頭《かぶり》を振った。

「本倉町長の件は、いつものことなのでどうでもいいですが、南予町の宝ともいうべき職人が去るのは痛いですね」

その言葉を聞いた林さんは、またため息をついた。

翌日の日曜日、私はスクーターに跨《また》がった。

上甲さんのお宅を訪ねるためだ。

上甲さんが南予町を出ていくのを無理に引き留めるつもりはない。それぞれ事情や考えがあるだろうし。ただ、町役場の職員として、ご自宅近辺の状況を実際に見ておかないといけない気がした。

最近、暇さえあれば、スクーターで南予町を見回っている。しかし、伊達町側にあるトンネルの崩落現場にはまだ行っていなかった。土木建築は関係ないなんて、いつの間にか縦割りの行政に馴染《なじ》んでしまっていたのかもしれない。小さな町役場なのに……。

私は反省しながらアクセルを開いた。

アスファルトの照り返しはきついが、走り始めると風が気持ちいい。

スクーターは山道に入った。

実を言うと、ここから先は一度も行ったことがない。

路面は一応舗装《ほそう》されてはいるが、ずいぶん荒れていた。人々が道を利用しなくなるというのは、こういうことなのかな。

私はハンドルをとられないように慎重にスクーターを進めた。

トンネルが見えてきた。

そうとうに古い。

崩落したのは、伊達町に通じる方のトンネルだ。同時期に作られたといっても、こっちは、まだ大丈夫なはず。

それは判っていたが、トンネルを走る間中、首をすくめてしまった。

確かに、このトンネルを毎日通るというのはいい気分じゃないだろう。上甲さんの気持ちも判る。

トンネルを抜けると、少し開けた場所に出た。

沿道に古い建物が見えた。ガラスが何箇所《かしょ》か割れている。

私はスクーターを停《と》め、建物の中を窺《うかが》った。

暗くてよくは判らないが、テーブルや椅子《いす》が並んでいた。喫茶店か食堂だったのだろう。この道が、まだ伊達町への主な通行路だった時は賑わっていたのかもしれない。鉄筋コンクリート製で、取り壊すにもお金がかかりそうだ。それで、ただ放置されているんだろうな。

私は、見ているうちに怖くなって、顔を背《そむ》けた。ひょっとしたら、南予町全体が、こんな廃墟のようになってしまうかもしれないと、一瞬、思ってしまったからだ。

この建物を、近くに暮らす上甲さんはどんな気持ちで見ているのだろう。

私は再び、スクーターのイグニッションキーを回した。

この先、どんどん道は悪くなるんだろうなと思っていたが、そうでもなかった。道の両側から木々の枝が張りだしているということもない。路面は荒れてこそいるものの、大きな陥没があったらしいところは砂利で埋められている。

もっとも、砂利はスクーターの天敵なので、ゆっくり走るに越したことはないのだが……。

別の家が見えてきた。

上甲さんの家ではない。空き家になってもうずいぶん経《た》っていると、ひと目で判る。家全体が少し傾いていた。

この傾きは、どんどんひどくなっていくんだろう。今すぐにでも修理しないと、結局建て替えるしかなくなる。もっともそう簡単に、新しい入居者が来るとも思えないが……。

道は、美しい林の中に入った。

荒れたものばかり見ていて気分が落ち込んでいた私は、少しほっとした。

立派な竹が随所に生えている。

ここで、上甲さんは竹細工に適した竹を選んでいるのだろうか。やはり、ここを離れるということは、竹細工作りは引退するのだろうか。

あ……。

一軒の家の前に、軽トラが駐《と》まっていた。

頭の中で、私が作った地図と重ねてみた。

間違いない、上甲さんの家だ。

庭に並べられた竹の前に、お爺さんが座り込んでいた。彼がきっと上甲光治《みつはる》さんだろう。

私は、お宅の前にスクーターを停め、「こんにちは。いいお天気ですね」と挨拶した。

お爺さんが顔を上げ、じろりと私の方を見た。

なんだか、すごく頑固《がんこ》そうな人に見えた。

「はじめまして、上甲さんですね。私、町役場の沢井です。何かお手伝いしましょうか」

「いらんお世話だ」

上甲さんは、再び竹に目を落とした。

うわっ……、やっぱり噂《うわさ》通りの人だったよ。

「竹細工に使う材料ですか。私の家にも上甲さんが作られた竹細工がいくつもあります。上甲さんの竹細工って、本当に素敵ですよね」

せいいっぱい友好的に話しかけたつもりだったが、上甲さんは、「子どもに判るもんじゃない」と吐《は》き捨てた。

とりつく島もない……。

私にだって少しくらいは竹細工の美しさは判る。お料理する時にも、竹製のザルを使っているんだけどな。

「いい、お家ですね」

私は話題を変えて、何とか話を継ごうとした。

「世辞はいらん。水道もない田舎家だ」

「水はどうされているんですか」

「山から水を引いている。道管が古くなったので替えるところだ」

上甲さんは顎《あご》で並べられた竹を示した。

「竹で水を。そんなことにも竹は使えるのですね」

「竹は何でもできる。やろうと思えば米だって炊くこともできる」

「さすがは竹細工の職人さんですね」

「竹細工に限らん。儂は何でも自分で作る。自分の面倒は自分で見ている。それができなくなったら死ぬだけだ」

私は、上甲さんの厳しい言葉に「はあ……」としか返せなかった。スクーターから降りて、ただ、上甲さんが竹の節を抜いていく作業を見守った。

十分以上も黙ったままの状態が続いた後、上甲さんが「お前、町役場の者だったな」とぼそりと言った。

「はい」

「この前に来た若造みたいに『ここに留まれないか』と言いにきたのか」

私は慌てて首を振った。

「この前来た人って、町議会議員の林さんのことですね。私は別に……」

上甲さんがじろりと私の顔を睨《にら》んだ。

「議員が来ようが、町役場の職員が来ようが、ともかく、儂は、ここを離れる」

「……お仕事は引退ですか」

「町で何か仕事を見つける。人間、死ぬまで仕事はしなくてはならないからな。誰の世話にもならん」

「はあ……」

「そんな話をしにきたのか。用がないのならもう帰れ」

上甲さんが顔をしかめた。

私は、「失礼しました」と、上甲さんの庭から出るしかなかった。

お祖母ちゃんの家に戻り、夕食を終えた私は、洗い物をしながらテレビを観《み》た。特集番組で、テーマは『日本の人口問題』だ。

『国立社会保障・人口問題研究所の調査によりますと、二〇三〇年までに、東京・沖縄を除く四十五の道府県で人口が減少に転じ、それ以降は、全都道府県で人口減少が起こります』

アナウンサーが深刻そうな表情で語っている。

ちらりと表が出たが、それによると、愛媛県は二〇四五年までに、人口が今の七割ちょっとになるようだ。

私は、ため息をついた。

増加していた日本の人口は、最近になって減少を始めたばかりだというのに、南予町の人口はすでに最盛期の半分以下になっている。それが全国で本格的に減り始めたら、南予町はどうなるんだろう。

私は、上甲さんが住む地区のことを思い出した。やっぱり、南予町全体があの地区みたいになってしまうんだろうか……。

『それに加えて、人口の年齢構成が問題となります。今、日本では急速に高齢者が増え、それに対して働く人の数がどんどん減っています。昔は働く人五人で一人の高齢者を支えていましたが、もうすぐ二人以下で支えなくてはならなくなります』

アナウンサーの説明に、解説者が頷いた。

『年金などの社会保障費や医療費で、日本の経済はたち行かなくなる可能性が高いと思います』

「申し訳ないねえ」

座椅子でお茶を飲みながら番組を観ていたお祖母ちゃんが、本当に申し訳なさそうに言った。

「お祖母ちゃんがそんなこと言う必要ないよ」

これもテレビで知ったことだけど、日本は昔、戦争に負けて、ものすごく貧しくなった。それを今みたいに豊かな社会に立て直したのは、今の高齢者の方々だ。それなのに彼らをまるで役目が終わったお荷物みたいに言わなくてもいいのに。

こういう言い方で高齢者が傷つくことを考えてないのかな。

私は番組の解説者の言い方にちょっとむっとしたが、洗い物を続けている内に、だんだん気持ちが落ち着いてきた。

冷静に考えてみると、解説者が言っていたことは事実なのだろう。だから、マスコミとしては、警鐘を鳴らす意味でも言わなくてはならなかったのかもしれない。それに、少子高齢化問題の改善策を思いつけない私が解説者を非難するのは、無責任だろう。

私は、少し反省した。

その時、はっと頭の中に浮かんだことがあった。

……まさか……。

私は、今日、上甲さんと会ったこと、それに昨夜の鑑賞会のことを思い出した。

「どうかした?」

お祖母ちゃんの声に、はっと我に返った。

流しの前で、ずいぶん長い間、考え込んでいたらしい。

私は濡《ぬ》れた手をふきんで拭《ぬぐ》うと、「おばあちゃん、ちょっと出てくる」と答えた。

「こんな時間に?」

お祖母ちゃんは、怪訝な表情で私を見た。

「天の川を見たいの」私は首を振った。「違う……。見なくちゃいけないの」

私は、スクーターのキーを取り出すと、玄関に向かった。

翌日、長期出張から戻った北室長が、「私がいない間に、何かありましたか」と、私と一ツ木さんに聞いてきた。

一ツ木さんは面倒くさがって話したがらないだろうと、私が代わりに本倉町長の鑑賞会の顚末《てんまつ》や上甲さんのことを報告した。

「なるほどねえ。トンネル修理が決まりそうな件、林さんがそのまま上甲さんに伝えてしまったのですね」

北室長は、ちょっと困った表情を浮かべた。

「やっぱり、北さんもまずいと思われました？」

「ほう。ということは、それがまずいことだと、沢井さんは気づいたのですね」

「はい」私は頷いた。「私も最初は、上甲さんがあの地区を出ていくことを決めた原因が、トンネルの崩落をはじめ沿道や地域の衰退、荒廃にあると思っていました。しかし上甲さんや林さんの話を思い出しているうちに、ふと気づいたのです。上甲さん、『誰の世話にもならない』ということを誇りにしていました。つまり、自分一人のために何千万もかけてトンネルを修理してもらうことが辛かったのではないかと……。あのトンネルって、今、日常的に使っているのは上甲さんだけですから。それで、県の負担になるようなら、出ていこうとしたのではないかと。そう仮定すれば、林さんが『来年度予算で修理が叶いそうだ』と伝えた途端に『ここを出る』って言い出したことにも納得がいきます。……そんなこと、考える必要ないのに」

話を聞いていた一ツ木さんが鼻を鳴らした。

「ずいぶん昔風の人だな。僕は他人の負担なんて気にしないから、そういうことには思い至らなかったが」

うーん。

やっぱり、一ツ木さんって碌《ろく》な人じゃない。

「上甲さん、二つのトンネルの間の道は自分で修繕しようとしてましたし」

北室長の言葉に、私は道端に伸びる枝がはらわれていたことや、穴に砂利が敷かれていたことを思い出した。

「あれ、上甲さんが……」

「そういう訳で、私も、トンネル修理の件を伝える時は、時期と言い方に注意しなくてはと考えていたのですが、思っていた以上に早く話が進んでいたようです。……さて、どうしましょうか。本倉町長の件も難題ですし」

「それでなんですけど、私、昨日の夜にもう一度、あの地区に行ってみたんです」

「何のために？」

「夜空を確認するためです。あそこは、周囲を山に囲まれて、外の光は入ってきません。別のところに新しいトンネルと道路ができてからは、車も滅多《めった》に通らなくなりましたから、ヘッドライトの光もありません。思った通り、天の川も、他の星も、本当にきれいでした。……というか、あんなに素晴らしい星空を見たのは初めてです。そこで、『海と山の銀河』をセットで売り出せばいいのではと本倉町長に提案しました」

「本倉町長の反応は？」

「『海と山の銀河』というキャッチフレーズはセンスが悪いって言われました。『渓《たに》の銀河、海の銀河』としようって。さっそく、旅行会社やブロガーさんに電話をかけまくっていました」

「それで、その人たちは何と？」

「悪くない提案だと言ってくれたようです。もともと海で見る天の川自体は魅力的でしたし、光に邪魔されずに星を見たい人は、渓谷《けいこく》に移動して見ればいい。両方楽しめると売り出すのは効果的かもしれないって。それで、もう一度、南予町に来て、上甲さんの地区から星空を眺めようということになったそうです」

なんでもその中で、海の方のイメージ・パーソンは紗菜さんで、山の方は私にという話も出たらしいが、恥ずかしいので、報告しなかった。

紗菜さんと私じゃ差がありすぎる。

これが、紗菜さんの妹さんや、祥子《しょうこ》さんあたりが協力してくれれば、絶対に当たるだろう。

祥子さんというのは、半年くらい前から南予町の貸し農園にひっそりと住んでいる人ね。

でも、紗菜さんの妹さんはまだ中学生だし、祥子さんは最近、たまに昼にも外に出て農園の世話をしているとはいえ、世間の目の集まるイメージ・パーソンになってほしいなんて説得するのは難しいだろうな。

「上甲さんの方は？」

「トンネル修理は、町の振興のためには必要だ。しかし、上甲さんが出ていってしまうと、トンネル修理も行なわれなくなって、みんなが困る……って林さんに説得してもらいました。そういうことならと、上甲さんも納得してくれたようです。あと、あの地区にあった食堂か何かの建物、調べてみたら海の家を経営している笠崎さんが所有者でした」

「ああ、あの廃墟になっている建物ですか。笠崎さんのお父上が建てたもので、昔はずいぶん華《はな》やかでした。裏には錦鯉《にしきごい》の池がありましてね。できた当初、小学生だった私は両親に連れていってくれとねだったものです」

へえ……。

北さんにも小学生時代があったんだ。

今の狸《たぬき》顔からは、とても想像できないが……。

「それはともかく、笠崎さんに『渓の銀河』の話をしたところ、『あの地区が観光名所になるのなら、上甲さんの竹細工や土産物を売る店として改修しよう』と乗り気になってくださいました」

「つまり、町の名産品も守られ、新しい観光名所もできそうだということですね」

北室長は満足そうに頷いた。

「僕も面倒《めんどう》くさいことをやらなくちゃいけないかなと思ってたんですけど、沢井さんが解決してくれて何よりです」

えっ？

今、一ツ木さん、私のことを誉《ほ》めた？

私はびっくりして、読書に戻った一ツ木さんの横顔を見つめた。

第五話　既視の紳士

「おはよう」

朝起きた私は、台所のお祖母《ばあ》ちゃんに声をかけた。

「おはよう。気分はどうだい？」

「うん。元気、元気！」

お祖母ちゃんにはそう答えたけど、今日の予定を考えると、ちょっと気分は重い。

実は今日、三ヵ月に一度の『南予町特産品品評会』が、役場の会議室で行なわれることになっているのだ。

この品評会では、南予町の食品業者、工芸業者が集まって、役場職員の前で自分たちが考えた新製品を発表する。そして、よいものがあったら南予町がバックアップして大々的に売り出そうというのだ。例によって本倉町長の「町おこしのためには南予町ならではの特産品を！」という号令のもとに始められた取り組みだ。

でもねえ……。

何回か品評会を重ねるうちに、すごい特産品なんてそうそう簡単にできるものじゃないってことが、判《わか》っちゃったよ。

第一回は、なかなかいいものも出品されていた。が、よいアイデアというのは、そんなに次々と湧いて出てくるものではない。最近は、かなり苦しいものが出品されることが多くなった。

特に前回食べた『レモンいりこ』の食感は、三ヵ月経《た》ってもいまだに口の中に残っている。「いりこ」っていうのは西日本特有の呼び方のようで、東日本だと「煮干し」っていうのかな。『レモンいりこ』は、いりこにレモン風味の粉をふりかけたものだ。

一口食べた途端、私の背筋には、ものすごく嫌なものが走った。まさか品評会の会場で吐《は》き出すこともできなかったから、慌《あわ》ててペットボトルのお茶丸ごと一本で流し込んだ。

ところが本倉町長は、「これは、子ども向けに最高だ。カルシウムとビタミンCを同時にとれる」と絶賛し、『レモンいりこ』は町長賞を受賞してしまった。

確かに、子どもがちゃんと飲み込めてお腹まで入れれば、体には良いかもしれない。あくまで、ちゃんと飲み込めれば……だ。

今日は何を食べさせられるのかと考えると、憂鬱《ゆううつ》になる。各部署から一人は審査員として出席しないといけないし、そもそも推進室の担当は私ということになっているから、他の二人に頼めるわけもない。私は、台所から居間にお盆を運びながら、ため息をついた。テーブルに並べた朝ご飯のおかずは、浅漬けとアジの一夜干し。お祖母ちゃんの好物だ。

幼い頃、夏休みや冬休みに兄妹《きょうだい》や従兄《いとこ》と遊びにきていた時は、ある意味、私たちはお客さんだった。お祖母ちゃんは、ここぞとばかり私たちの好物ばかりだしてくれた。しかし、こうして大人になって一緒に住んでみると、お祖母ちゃんが本当に好きだったものは何なのかが判るようになった。

もちろん、浅漬けやアジの一夜干しは、私の大好物でもあるけどね。

あ……。

テレビの朝のワイドショーが、四国八十八箇所《かしよ》を紹介している。

私は、お祖母ちゃんの方をそっと見た。

お祖母ちゃんは、何気《なにげ》ない素振《そぶ》りでリモコンを手に取った。テレビに巡礼するお遍路《へんろ》さんが映ると、お祖母ちゃんはいつも決まってチャンネルを替える。これも、お祖母ちゃんと住むようになって初めて判るようになったことだ。

本当ならお祖母ちゃんは、一つの番組をゆっくり観《み》るのが好きなはずだ。お気に入りの籐椅子《とういす》で、コマーシャルも次回予告もチャンネルを替えることなく観ている。

私が時々、面白い番組を探してチャンネルを頻繁《ひんぱん》に替えていたりすると、「せわしいねえ」と笑う。

もちろん、お遍路さんの他にも、お祖母ちゃんが苦手なものはあるようだ。例えばニュースで子どもが悲しんだり苦しんだりしている場面になると、ため息をつきながらチャンネルを替える。

でも、なぜお遍路さんも?

しかし、お祖母ちゃんの背中にはそれを聞けないような雰囲気があって、確かめられない。子どもの頃は何でも話せたのになあ。

私自身は、いつか四国八十八箇所巡礼にチャレンジしてみたいと思っている。あの白《しろ》装束《しょうぞく》と杖《つえ》ってオシャレだし、パワースポットを巡っていれば、何かラッキーなことが起こるかもしれない。ここのところ狸《たぬき》みたいなおじさんと変人のお兄さんしかいない推進室で働いているので、すっかり女子力が落ちた気がするし。

しかも世の若い人たちの間では、自分探しの旅として、四国八十八箇所巡礼がブームになっているのだという。外国の新聞が作った「日本の観光地のランキング」でも、かなり高い順位を獲得したことがあるらしい。

せっかく四国に住んでいるのだから、やらないと損だな。

それに私、今までなんとなく生きていて、自分探しなんてやったことがない。今度の長期休暇にやってみようかな……。

そんなことを考えながら箸《はし》を運んでいると、ゴトリと鈍《にぶ》い音がした。

お祖母ちゃんの茶碗《ちゃわん》が、床に転がっている。

「お祖母ちゃん？」

「大丈夫、大丈夫……。ちょっと目眩《めまい》が……」

そう言うお祖母ちゃんの手から、箸も落ちた。

翌日、私とお祖母ちゃんは、松山の県立中央病院のエントランスを出た。

昨日、町役場を休んで南予町の診療所にお祖母ちゃんを連れていったところ「今年の四国の夏は厳しかったから、その疲れが出たのでしょう」と診断された。

ただ、念のため精密検査を受けた方がいいということで、県立中央病院への紹介状を書いてもらった。

私は今日も有給休暇をとって、お祖母ちゃんの付き添いで松山まで来たのだ。幸《さいわ》い、精密検査でも、特に異常はみられないようだった。しばらく安静にしていればいいという。

まあ、大事《おおごと》じゃなくて良かった良かった。

「お祖母ちゃん、大丈夫？」

「大丈夫」

お祖母ちゃんはそう言うけれど、ずいぶん疲れているようだ。

そうだよなあ。

お祖母ちゃんの家から隣町のＪＲの駅までは、タクシーを使った。列車に乗って松山駅、そこからまたタクシーで県立中央病院。受付を済ませても順番待ちで長いこと待合椅子に座っていたから、検査を受けるまでに三時間以上はかかった。検査後はまた先生の説明を聞くために待機して、料金の支払いでも待たされた。

結局、家を出てから、かれこれ五時間くらい経っている。

健康な人でも病院に行くとなると疲れるのに、お祖母ちゃんのような高齢者だと、なおさらだろう。

せめて、行き帰りくらいは楽に過ごせるように、私も早く車の免許をとらないといけないな。自分探しの旅の前に、自動車学校に通わないと。やっぱり田舎《いなか》暮らしには、車が欠かせない。

それはともかく、これからどうしよう。スマホで調べてみると、南予町までバスを乗り継いで帰る場合、かなり待ち時間がありそうだった。

いっそのこと、南予町までタクシーで帰ろうかな。

その時、はっと思い出した。

そういえば、県立中央病院のすぐ傍《そば》に、南予町のお隣・伊達町が作った休憩所がある。確か、そろそろ周辺の自治体の人も使っていいって話があったような……。

「お祖母ちゃん。休んでいこうか」

私は、県立中央病院の門を出ると、伊達町休息所の玄関のチャイムを鳴らした。

中年の女性が顔を覗《のぞ》かせた。

「すみません。南予町の者なのですけど、少し休ませていただけませんか」

女性はにっこりと笑って「どうぞ、どうぞ」と中に招いてくれた。

「へえ、こんなところがあったんだねえ」

お祖母ちゃんは目を丸くしている。私たちは、そのまま座敷に通された。座敷では、二、三人の高齢者が横になっていた。お祖母ちゃんは、その隅に正座した。

「横になってください。そのための畳《たたみ》の間ですから」

女性が持ってきた籐枕《とうまくら》を受け取ると、お祖母ちゃんは遠慮がちに横になった。

座敷は寒くもなく暖かくもなく、ちょうどいい感じだ。

「寒かったら、押し入れにはタオルケットとか毛布とかも入っているので、自由に使ってくださいね」

そう言って女性は台所にひっこんだ。と思ったら、すぐにお茶を淹《い》れてきてくれた。

お祖母ちゃん、起き上がってお茶を飲んだ後は、ずいぶんとリラックスした様子だった。この休憩所は空き家だった民家を改装しただけあって、なんか親戚《しんせき》の家に来たような気分になって落ち着くなあ。

本当にありがたい。

こんなにありがたいのに、この休憩所を見学した後に一ツ木さんが漏《も》らした言葉が引っかかる。

「南予町の存続のためには、東京や松山や宇和島と戦争だ……とは思っていたが、国とも戦うことになったか」

どういう意味ですかと聞いても、教えてくれなかった。一ツ木さんの言いっぱなしは、いつものことだ。

ちょっとお行儀《ぎょうぎ》が悪いのは承知で、私も思いっきり足を伸ばした。

その時「おじゃまする」と、玄関から声が響いた。聞いたことのあるダミ声だ。入ってきたのは、宇都宮副町長だった。

実を言うと、二ヵ月ほど前に長期療養から復帰した宇都宮副町長が、私はちょっと苦手だ。新人の時「社会人の基本、そして公僕《こうぼく》としての姿勢がなってない」って、めちゃくちゃ怒られたから、ちょっとトラウマになっている。

もちろん、仕事に対してとても厳しいのは、管理職として当然なことなのかもしれない。でも、役場の新規事業にことごとく反対するのは、どうなんだろう。前の町長とは、お互いに尊重し合って微妙なバランスがとれていたはずなのに。今の本倉町長とはなあ……。

通常業務以外のことをしている推進室なんか、もう最初から敵視って感じなんだ。

ずかずかと休憩所に上がり込んできた宇都宮副町長は、横になっているお祖母ちゃんを見ると、驚いたように目を瞬《しばたた》かせた。

「沢井のおばちゃん、お久しぶりです。病気療養中は、お見舞いにまで来て頂いて」

お祖母ちゃんは起き上がると、指でちょっと髪を整えた。

「町役場に出られるようになったそうね。本当に良かった」

へえ、二人は知り合いなんだ。

まあ、お祖母ちゃん、いろいろな人の面倒《めんどう》を見ていたらしいから、あながち不思議ではない。

「本当にご心配をおかけしました」

宇都宮副町長は、殊勝《しゅしょう》に頭を下げている。

あれ？

この人が頭を下げた相手って、前の町長以外、見たことないぞ。

宇都宮副町長は、ちらりと私を見た。

「沢井さんは、おばちゃんの付き添いかね」

「はい。宇都宮さんは？」

「うむ。この休憩所が南予町の住民にも使えるようになったということで、どんなところなのかと視察に来た。それと、この事業を推進した伊達町の葉山副町長にお礼を言う前に見ておくのが、南予町の副町長としての礼儀だろうし」

うーん。

宇都宮副町長って厳しいばかりじゃなく、まじめなんだ。

でも、まじめな人から反感を持たれている推進室の立場は、微妙だぞ。

宇都宮副町長は、伊達町の職員さんと名刺の交換をしたあと、休憩所の設備の説明をしてもらっている。

そろそろバスの時間になったので、お祖母ちゃんが立ち上がった。顔色はずいぶん良くなっている。

それを見た宇都宮副町長が、お祖母ちゃんに声をかけた。

「役場の車で来ているので、南予町までお送りしましょう」

「そんなことをしてもらったら」

お祖母ちゃんは手を振ったが、宇都宮副町長は、その手を引くようにして玄関に向かった。「いやいや、沢井のおばちゃんには、子どもの頃にずいぶんお世話になりましたから。お腹が空いている時におにぎり作ってもらったり、庭の柿《かき》を取らせてくれたり……。それに、どうせ後部座席は空《あ》いているのです」

結局、乗せてもらうことになった。

宇都宮副町長の車に乗るのは気が重いけど、お祖母ちゃんの体のことを思えば、本当にありがたい。

休憩所の門を出た途端、今度は本倉町長とばったり出会った。

「本倉町長……」宇都宮副町長もびっくりしたようだった。「どうしてここに?」

「東京出張の帰りで、ちょっと疲れたので使わせてもらおうかなと」

その言葉に、宇都宮副町長は思いっきり眉《まゆ》を寄せた。

「ここは、南予町から通院する患者のために、伊達町が善意で開放してくれている施設です。ただ疲れたというだけで、南予町の町長が甘えるなど、もってのほかです」

さすがに正論だったので、本倉町長は「はあ……」と垂《だ》れた。

「ちょうど公用車で来ていますので、同乗してください」

宇都宮副町長は有無を言わさず、本倉町長を駐車場に引っ張った。

引きずられながらも、本倉町長は未練がましげに休憩所の方を見ている。

うーん。

本当に本倉町長、休息するためだけにここに来たのかな。

松山空港からだと、ここに寄らなくても南予町のそばまで行けるバスが出ているはずだ。

ひょっとして本倉町長、美人の葉山さんに会えるかもしれないという下心があったとか……。

本倉町長の本心はともかく、公用車は宇都宮副町長が運転し、助手席に本倉町長、後部座席に私とお祖母ちゃんが座ることになった。

「しかし、伊達町の休憩所は素晴らしい」

本倉町長が一人、うんうんと頷《うなず》いている。

宇都宮副町長は「総務省のバックアップがあってのことでしょうが」とイグニッションキーを捻《ひね》った。

「うちもがんばらないと」

本倉町長の言葉に宇都宮副町長が顔をしかめているのが、ルームミラー越しに見えた。

「本倉町長はいろいろと新規事業をお考えのようですが、もういいかげんに止《や》めて頂きたい。本倉町長が出張中に開かれた昨日の『特産品品評会』ですが、今回をもって中止させました」

本倉町長は眼をぱちくりさせた。

「なぜそんなことを勝手に?」

「なぜとお聞きになるのですか。私も参加しましたが、ひどいものでした」

「ひどいって……」

「とても売れるようなものはありませんでした。特に、カマボコと竹輪《ちくわ》をチョコでコーティングしたものなんかは最低でしたよ」

うわ……。

そんなものが出ていたんだ。

有給休暇をとっていて良かった。

「それは、当たり外れはあるでしょう。しかし、こうした試みは続けていくことが大事じゃないですかね」

自分の発案で始まった品評会を勝手に止めさせられて頭に来たのか、本倉町長の口調がきつくなった。

「続けるにしたがって質が落ちているそうじゃないですか。現に本倉町長は、前回出品された『レモンいりこ』とやらの売り込みのため、東京に出張されていたそうですが、結果はどうだったのですか」

「……流通業者や、大手スーパーやテレビ局を回りました」

「行った場所ではなく、結果です」

本倉町長は「うっ」と言葉に詰まった。

「……テレビ局では使ってもいいかなって……」

「どう扱われるのですか」

「……何かの罰ゲーム用にならら使えるんじゃないかって」

あー……やっぱり。

あの味じゃ、そうなるよなあ。

「出張旅費を使ってそれですか」

宇都宮副町長の言葉は容赦《ようしゃ》ない。

しかし、なぜか本倉町長はぱっと顔を輝かせた。

「今思いついたんだが、発想を転換して『C級グルメ大会』を開くというのはどうだろう。何かの罰ゲームに使うような食品の大会ということで。第六次産業に、エンターテインメント性も含めた第七次産業ということで売りだそう！　それで町おこしとかできないだろうか！」

まずい。

宇都宮副町長の目が据《す》わってきたよ……。

「冗談じゃないです。各地で自治体が主導して産業振興を図《はか》っていますが、成功しているところは数えるくらいです。逆に財政が悪化したり、既存の産業に悪影響を与えたりする例が増えていることを、本倉町長はご存じないのですか」

「うちが出した『南予町レモン・みかん水』は、そこそこ売れたはずですがね」

「見かけはそうですが、町や国が出した補助金をさっ引けば、完全に赤字の事業です。町役場は法で決められたことをしっかりやるべきで、町おこしなんて浮ついたことはもう止めてください！」

まずいよ。

トップとナンバー2《ツー》が仲違《なかたが》いしている。

南予町は、どうなるんだろう。

宇都宮副町長がルームミラー越しに私を見た。

「ひょっとして、品評会には推進室もからんでいるのかね」

私は思いっきり首を振った。

それ濡《ぬ》れ衣《ぎぬ》です!

「ともかく、沢井のおばちゃんの孫を、あんなところに置いておくわけにはいかない。次はもっとましな部署に異動させますから、おばちゃんも安心してください」

ええっ?

推進室から異動?

ていうか、宇都宮副町長、推進室を潰《つぶ》す気まんまんなんじゃないだろうか。

運転席と助手席の間で交わされる話は、どんどん深刻になっていく。

それを、お祖母ちゃんはニコニコと聞いている。

すごいなあ。

年をとると、こんなことでは動じなくなるのかな。

そのお祖母ちゃんが、車窓《しやそう》の外に向けていた視線をふっと逸《そ》らした。

何だろうと思ったら、四国八十八箇所巡礼の一団が見えた。

またた。

別に、お遍路さんたちに変わった様子はない。

巡礼のユニフォームともいうべき白装束に杖。至って普通のスタイルだ。みんな、にこやかに歩いている。四国観光を楽しんでいるって感じだ。

本倉町長と宇都宮副町長の怒鳴《どな》り合いに近い議論をニコニコと聞き流すことができるお祖母ちゃんが、なんでお遍路さんからは目を背《そむ》けるんだろ。

そんなことを考えているうちに、車は南予町に入った。結局、本倉町長と宇都宮副町長の議論は平行線のままだった。

赤信号で車が停《と》まった。

ちょうど交差点の向かい側に、背の高い男の人が立っていた。

あ……外国の方だ。

ちょっと古風な形のスーツを着ていて、手にステッキを持っている。写真か何かで見たことあるような、まさに英国紳士って感じ。

なんかかっこいいなあ……と見ていたら、本倉町長と宇都宮副町長が同時に「デジャブだ……」「既視感《きしかん》が……」と呟《つぶや》いた。

えっ？

どういうこと？

青信号になって車が発進した途端、男の人がぐらっと体を揺らした。

「あっ」

宇都宮副町長が、車を彼の脇に停めた。

私は急いでシートベルトを外すと、車から飛び出した。

男の人は膝《ひざ》をつき、荒い息をしている。

「大丈夫ですか」

そう呼びかけてから気づいた。外国の方に私の日本語、通じたかな。

「ごめんなさい、ちょっとふらついただけですから大丈夫ですよ」

男の人は、訛《なま》ってはいるものの綺麗《きれい》な日本語で答え、立ち上がろうとした。

またふらつく。

「ちょっとちょっと」

本倉町長が慌てて手を伸ばした。

宇都宮副町長も「急に動いたりしない方がいい」と押しとどめている。

うーん。

本倉町長も宇都宮副町長も、人は良さそうなんだよなあ。

「ともかく私は大丈夫ですから」

男の人は、手を貸そうとした本倉町長に手を振った。

「そんなこと言われてもね。ともかく、えっと……」

「私は、エドモンド・クラークといいます……旅行者です」

あれ？

旅行者って言う前に、一瞬ちょっと奇妙な間があった。気のせいかな。

「クラークさん」副町長が、クラークさんの背を押すようにして車の助手席に乗せた。

「すぐそばに南予町の診療所があります。そこで休んでいかれては？」

「あ、いえ……。本当にもう治りましたから」

「いやいや、そんな風には見えないですよ。ともかく診察は受けた方がいい」

本倉町長は後部座席に回った。全員がシートベルトを締めたのを確認した後、宇都宮副町長は車を発進させた。

「本当に申し訳ないです」

クラークさんは、しきりに恐縮している。

私はあらためてクラークさんの様子を見た。

古風なスーツをゆったりと着ている。生地も仕立てもすごく立派なスーツだ。古びてはいるが、ボストンバッグもまた高価そうに見える。ステッキだと思っていたのは、よく見ると実は綺麗に巻き取られた傘だった。

やっぱりこれって、写真でしか見たことがないような、典型的な英国紳士のスタイルなんじゃない？

そんな方が、なぜ南予町に？

診療所の車寄せに車を停めた本倉町長は、クラークさんを中に連れ込んだ。

診療所の受付にいた看護師さんが「どうかなさいましたか」と微笑《ほほえ》みかけてくる。

「この方、道で倒れられたんだ」

本倉町長の大声に、診療所の先生が何事かと診察室から顔を出した。

「これは、沢井さん、県立病院での検査はどうでしたか」

お祖母ちゃんはにっこり笑った。

「幸い、悪いところはないようでした」

「それは何よりでした。でも、厳しい夏の後は気をつけなくてはいけませんよ」

「はい。それより、こちらの方が」

お祖母ちゃんが、待合室の長椅子に座っているクラークさんを紹介した。

「どうかなさいましたか」

「道で倒れられて。幸い頭は打ってないようですが、念のために」

「判りました。ともかくこちらに」

クラークさんは、看護師さんと先生に案内されて診療室に入っていった。

「大丈夫ですかね」その背を見送った宇都宮副町長が呟いた。「それより、本倉町長。さっき、デジャブだ——とか言ってましたが」

「ああ、そのことですか。クラークさんを見た時、昔、同じことがあったような気がして」

「私もです」宇都宮副町長は首を振った。「ただ、既視感とかではなかったです。クラークさんに会ったことを思い出しました。梅雨時《つゆどき》でしたか、同じような格好《かっこう》をした外国の方を見かけたのです。あれは確かにクラークさんでしたな。しかし、本倉町長もデジャブとは……」

「ええ。私も同じです。実際に見ていました。でも、あの人が南予町を歩いていたのは梅雨時ではなく、夏休み前ですよ。小学校の一学期の終業式の主賓《しゅひん》に招かれた帰りにすれちがいましたから」

「そんなはずはない。本倉町長の記憶違いですな」

「宇都宮さんと違って、そんな歳じゃありませんよ」

二人はにらみ合っている。

ああ、もう……。

そんなことで言い争わないで欲しい。

第一、ここ、診療所ですよ。叱《しか》られちゃいますよ……と思って看護師さんの方を見たら、看護師さんはお祖母ちゃんに手招きされていた。

ちょっと様子が変だったので、私はそっと看護師さんの後を追った。柱の陰で耳をそばだてる。

「あの外国の方には注意して」

お祖母ちゃんが看護師さんに耳打ちするのが聞こえた。

えっ？

注意？

お祖母ちゃんは、理由もなく人を疑ったりする人じゃない。

クラークさん、ずいぶん丁寧《ていねい》な言葉遣《づか》いと物腰で、いかにも紳士って感じなのに……。

なんとなく、今のお祖母ちゃんには話しかけてはいけない雰囲気だったので、私はそっと柱から離れた。

診療所の先生が出てきた。

「どうやら過労と脱水のようですね。栄養状態も良くないようですし」

先生の言葉に、私は首を捻《ひね》った。

過労と脱水は判るとして、栄養状態が悪いってどういうことだろ。立派な身なりをしていながら、お金に困っているのかな。それとも無理なダイエットでもしているのだろうか。

先生が説明を続けた。

「ともかく、点滴を打てば少しは元気になるでしょう。一応、血液などは採取しましたから、明日になれば結果も出ます」

「それじゃあ、お願いします。治療費なんかがありましたら私が払いますので」

本倉町長は、先生に頭を下げた。

診療所に入院していれば、クラークさんも大丈夫だろう。

もう一度、私たちは先生に頭を下げると、診療所を出た。

結局、そのまま宇都宮副町長は私たちを家まで送ってくれた。

何だかんだ、伊達町の休憩所で休ませてもらったり、車で送ってもらったり、ラッキーな一日だったな。

きっとお祖母ちゃんの人徳だろう。

帰宅して手を洗っていると、お祖母ちゃんの声が聞こえてきた。誰かに電話をかけているようだ。

「コウちゃん、お願いがあるんだけど……」

はて？

コウちゃんって誰だろ？

小声だから、よく聞こえない。ただ、クラークって名前だけは聞こえたような気がした。私は傍に行き、聞き耳を立てた。

「こんなこと、コウちゃんにしか、頼めないから」

そう言って受話器を置いて振り返ったお祖母ちゃんは、傍《そば》に立っている私を見て驚いたようだった。

「どうしたの、お祖母ちゃん。クラークさんの名前が聞こえたんだけど、誰に電話？」

お祖母ちゃんは首を振った。

「誰でもいいでしょう。そんなことより、あのクラークさんには関わってはいけません」

私は、思わぬ言葉に目を瞬かせた。

「お祖母ちゃん、クラークさんと知り合いなの？」

「いいえ。今日、初めて会った。とにかく、あの人と関わってはいけません」

お祖母ちゃんはぴしゃりと言った。

どういうことか判らなかった。こんなに厳しい表情のお祖母ちゃんは初めて見たので、私はもう何も聞けなくなった。


翌日、私は少し早めに家を出た。

お祖母ちゃんにはああ言われたけど、やっぱりクラークさんのことは気になる。診療所に寄って様子を聞こうと思ったのだ。

診療所はまだ閉まっていたが、チャイムを鳴らしたら、看護師さんが出てくれた。

「あのう、昨日のクラークさんの件ですけど」

看護師さんは眉を寄せた。

「あの方、すぐにいなくなって」

「えっ？」

「ちょっと目を離した隙《すき》に、自分で点滴を外して出ていったようなんです。そのこと、町役場の北さんから聞いていません？」

「北が、どうしたのですか？」

「あの後しばらくして、北さんがクラークさんの様子を見にきたんです。その時には、もうクラークさんが出ていってしまっていて。枕の上に、一万円札が三枚、置かれていました」

あ……。

お祖母ちゃんが電話していた相手の「コウちゃん」って、北さんのことだったんだ。北室長のフルネームは、北耕太郎だった。ずっと「北さん」とか「北室長」とか呼んでいたので、すっかり忘れていた。

「まだ役場には出勤していないので、北からは何も聞いていませんでした。それで、北は何か言っていませんでしたか」

「『しまった』って……」

「しまった？　どういうことでしょう」

「いや、それはこちらでも何とも」

私はお礼もそこそこにスクーターに跨《また》がると、町役場へと急いだ。

どういうことなんだろう。

お祖母ちゃんは私に「クラークさんに関わるな」って言った。一方で、北さんにはクラークさんのことをお願いするって……。

私は駐輪場に滑り込むと、推進室に駆け込んだ。

北室長の姿はない。

一ツ木さんが、いつものように外国語の本を読んでいる。

「一ツ木さん、北さんは？」

「朝の挨拶《あいさつ》もなしに、いきなりそれかい？」

一ツ木さん、何言ってるんだろ。

いつもこっちが挨拶しても返してくれないのに。

「ともかく北さんは？」

「さあ。今朝、有休取るって電話があった。それっきりだよ」

私はちょっと迷った末に、北さんの携帯に電話をかけてみた。

「ああ……沢井さんですか」

「あの……クラークさんのことで」

「クラークさん？　誰のことでしょう」

えっ？

「北さん、私の祖母から……」

「ともかく、今から車で出ますので失礼しますよ」

北さんは一方的にそう言って、通話を切った。

スマホを手にした私は呆然《ぼうぜん》とした。

こんなにとりつく島もない対応をされたのは初めてだった。

私、何か、北さんに悪いこと言ったかなあ。

一ツ木さんまで何かぎすぎすした雰囲気だ。

「あのう……。一ツ木さん、私に何か……」

一ツ木さんは、じろりと私を睨《にら》んだ。

「何かじゃないよ。一昨日《おととい》、沢井さん、休んだだろ」

「はあ。お祖母ちゃんの調子が悪くて……」

「それはしょうがないけどね。特産品評会、代わりに僕が出席させられたんだ」

ああ……そうだった。

カマボコと竹輪のチョココーティングが出たやつね。

「食べた……んですね」

一ツ木さんは、思いっきり顔をしかめた。

「とんでもない味だったよ。チョコラスクとチョコロールのように見えて喜んで口に入れたから、特に裏切られた感がひどかった。向こう一年は、チョコも、カマボコも竹輪も食べられないだろう」

うわ……。品評会に出なくてよかった……。

って、そうじゃない。

「一ツ木さん、すみません……」

「だいたいね、一つや二つの特産品で南予町がどうにかなるわけがないんだ」

「とはいっても、産業を育てないと、地方は衰退《すいたい》してしまうんじゃないですか。前の町長の口癖《くちぐせ》も『町おこしの基本は教育と医療と仕事』でしたし」

一ツ木さんは首を振った。

「その仕事の創出を行政が先導しようというのが間違っているんだ。そうやってうまくいった例なんて殆《ほとん》どない。今はどこの自治体も、特産品を作るのに努力している。おかげで日本中、特産品だらけだ。もう珍しくもなくなっている」

「じゃあ、どうすればいいんですか」

「特産品を否定するわけじゃないよ。ただ、特産品を作るのも、売るのも人だ。つまり特産品を作る前に、特産人を作らなくてはいけないんだ」

「特産人？」

「産業を作り出す人だ」

「何度も言っているじゃないか。そのために大学を作るって」

「どうやって?」

はあ?

「また、夢みたいなことを……」

一ツ木さんは怪訝《けげん》な顔で私を見た。

「夢? 大学は来年の四月から開学するよ。予定より一年早くなった。急がないと、南予町は伊達町に食い潰《つぶ》されそうだからね」

一ツ木さんの言葉に、私は唖然《あぜん》とした。

一ツ木さんが何を言っているのか、さっぱり判らない。

その時、一ツ木さんのスマホが鳴った。

ずいぶん長いメールが届いたようで、一ツ木さんはじっと画面に視線を落としている。

「さかうちか……。面倒くさいな」

さかうち? 坂内? それとも阪内?

「一ツ木さん、阪内さんとかが、どうかしたのですか」

「なんでもないよ。それより、エドモンド・クラークってどんな人?」

私は思わぬ言葉に驚いた。

「どうして、一ツ木さんがクラークさんのことを?」

「そんなことはどうでもいいから、エドモンド・クラークについて話してくれ」

こういう時、一ツ木さんに何か質問しても答えてくれないのは判っている。私はしょうがなく、昨日から今朝までに起こったことを話した。

「へえ……。古風なスーツねえ……」一ツ木さんは、キーボードに指を滑《すべ》らせた。「画像検索したけど、ひょっとして、エドモンド・クラークってこの人?」

一ツ木さんは、パソコンのモニターを私の方に向けた。

一瞬違う人かと思ったけど、よく見ると本当にクラークさんだった。

画像の表題には『愛媛大学学生実習・霧島山新燃岳《きりしまやましんもえだけ》火口《かこう》付近にてクラーク先生と』とある。

クラークさんって、愛媛大学の教授なのだろうか。学生と一緒だからか、着ている服もずいぶんカジュアルなものだ。

「でもこれ、ずいぶん古い写真ですね」

「古い?」

「五年くらい前の写真だと思いますよ。昨日会ったクラークさんよりずっと若いし、体もがっちりしている」

「教官のリストを調べてみよう」一ツ木さんはまたキーボードを叩《たた》いた。「愛媛大学研究センターの客員教授か。ここは世界的な研究をしている機関だ」

一ツ木さんが立ち上がった。

「あのう、私には何が何だかさっぱり」

「新燃岳か……。面倒くさいが、急がないといけないな」

私の質問にはやっぱり答えず、一ツ木さんはそう言い残すと、推進室を出ていった。

推進室に一人残された私は、呆然と北室長と一ツ木さんの席を見つめた。

どういうことだろう。

お祖母ちゃんは、北室長に何かを頼んだ。そして北室長も、その一件を一ツ木さんにメールで伝えたのだろう。

私だけ、その中に入っていない。

なんだか寂しい気分で、一人、業務を続けた。終業時間きっかりに灯りを落とし、私は推進室を後にした。

帰宅すると、お祖母ちゃんはいつもの通りニコニコと笑いながら夕飯を作っていた。

私も微笑みながら、それを手伝う。しかし、何か、お祖母ちゃんとの間に見えない空気の壁みたいなものを感じる。

食事とお風呂を終えて、私は自分の部屋に戻り、ベッドに横になった。

子どもの頃は、お祖母ちゃんとは何でも話せたのに、「コウちゃん」こと北室長の一件は口に出せなかった。

どうしちゃったのかなあ……。

クラークさんのことも何も聞けなかったし。そういえばお遍路さんがテレビに出るたびにお祖母ちゃんがチャンネルを替える理由も、聞けないままになっている。

あれこれ考えているうちに、私はお遍路さんについて、殆ど何も知らないことに気づいた。ずっと四国に住んでいて、巡礼しているお遍路さんを何度も見てきたというのに。

私はベッドから起き上がり、スマホに指を当てて検索してみた。

……へえ。

四国八十八箇所巡礼って、弘法大師《こうぼうだいし》っていう偉いお坊様ゆかりの寺を回ることだったんだ。

日本には、様々な巡礼の地がある。そのうち四国に限って「遍路」って呼ぶらしい。

そうか、だから、巡礼している人を「お遍路さん」っていうんだな。それから、巡拝することを「打つ」とも呼ぶらしい。

地元の人たちはお遍路さんにとても優しくて、お茶やみかんや、時には現金を渡すこともある。これは、私も知っている。「お接待」っていうんだ。四国の山道をスクーターで走っていると、実際にお接待している場面を見かけることがある。

それから、四国八十八箇所巡礼にはいろいろな伝説があった。

ずっと昔、小学校で聞いたことがあるような気がする。『衛門三郎《えもんさぶろう》伝説』の言い伝えは特に有名なようだ。

千年以上前に衛門三郎っていう強欲《ごうよく》な人がいて、托鉢《たくはつ》の僧に無礼を働いた。後に衛門三郎は、それを悔いて僧に謝ろうと、八十八箇所を二十回も回った。それでも僧には会えなかった。自分の死期を悟《さと》ったのか、衛門三郎が反対側に回り始めたところ、ついに僧との再会が叶い、謝罪することができた。すると、その僧は弘法大師の姿に変わった……。

その故事にならってか、今でも、何かを願いごとがある人は心をこめて順番に回り、それでも叶わなかった場合は逆向きに回るらしい。

順番通りに回るのが「順打ち」、逆方向に回るのが「逆打《さかう》ち」……。

あ……。

一ツ木さんが言っていた「さかうち」って、人の名前じゃなくて「逆打ち」だったんだ。

私はベッドから机に移って、本腰を入れて調べてみた。

四国八十八箇所巡礼の歴史を紹介するホームページがあった。

「観光」や「自分探しの旅」といったイメージが強い今とは異なり、昔の巡礼は厳しいものだったらしい。

不治《ふじ》の伝染病に罹《かか》って故郷を追われた人や、大切な人を失って絶望した人が、死ぬまで霊場を巡り続けたのだとか。

「お接待」の意味も判った。

「自分の代わりに巡礼してくれる人に対してのお礼」という本来の意味もあるのだろうが、それだけじゃない。例えば故郷を捨てざるを得なかった人を放っていたら、飢《う》えて死んでしまう。だから、お遍路さんを助けるしかなかったんだ。

四国は決して豊かな土地じゃない。山と海に挟まれ、広い農地なんてなかった。

それでも四国の人は、巡礼者が四国の土になるまで、救い続けてきた。

最後に私の目に留《と》まったのは「巡礼者の衣装の由来」という項目だった。

白衣《びやくえ》と呼ばれる白装束には「清浄な気持ちで巡礼する」という意味が込められている。

そしてもう一つ「どこで行き倒れてもそれが死に装束になる」という意味もあった。手に持つ杖は「金剛杖《こんごうづえ》」といい、埋葬《まいそう》されたところに立てる卒塔婆《そとば》になるんだそうだ。

……死に装束……

私は、はっと気づき、『イギリス　死に装束』をキーワードに検索をかけてみた。

「そうですか。沢井さんにも判ってしまったのですね」

二日ぶりに推進室に出てきた北室長は、ため息をついた。

「祖母は、最初から知っていたんですね」

私の言葉に、北室長は頷いた。

「お祖母様には口止めされたことですが、やはり話しておいた方がいいでしょう。ずっと昔の話になりますが、沢井さんのお祖母様が六歳くらいだった時、日本は戦争に負けたのです」

「第二次世界大戦ですね」

北室長は頷いた。

「その頃の八十八箇所巡礼は、今とは違っていました。観光が中心じゃなくて、身内の死を悼《いた》む人や、不治の病《やまい》に苦しんでいる人が多く回っていたのですよ」

「はい。そのことは勉強しました」

「四国の人は、そうした人にお米や着るものをあげていたそうです」

「お接待ですね。でも、終戦直後だったら、四国の人だって食糧に困っていたんじゃないでしょうか」

「その通りです。それで、困窮《こんきゅう》したお遍路さんが玄関に立ったとき、あげるものがない場合は『お通りください』って言ってお断わりするのです。そんな中、沢井さんのお祖母様の家では、お遍路さんが来た時、必ず一合《ごう》のお米は出すようにしていたそうです」

「うちは、豊かだったのでしょうか」

北室長は首を振った。

「お祖母様のお話によると、お祖母様の家では、いつも半分以上、麦や大根やカボチャの茎《くき》が入ったおかゆを食べていたそうです。それでも、お遍路さんには一合のお米を出していた。しかしある日、お祖母様のご両親が家にいない時に、お遍路さんが来たそうです。お腹が空いていたお祖母様は、つい、そのお遍路さんに『お通りください』って言ってしまった」

ずいぶん長い間があった。

「それで?」

「そのお遍路さんは、にっこり笑ってお祖母様に深く一礼すると、どこかに行ってしまった。お祖母様は後悔して、その晩、ご両親に泣きながら謝ったそうです。ご両親は優しく頭を撫《な》でてくれたそうですが」

「そんなことがあったんですね」

「それ以来、お祖母様は通り過ぎるお遍路さんを真《ま》っ直《す》ぐ見るようになったそうです」

北室長の言葉に、私は驚いた。

「あの……。祖母はお遍路さんを見ると目を背けて……」

北室長は再びため息をついた。

「小学校を出たあたりから、お祖母様はお遍路さんを見ると、その人が普通の巡礼者なのか、それとも絶望して死地を求めているのかが判るようになってしまったそうです」

「……じゃあ、クラークさんは」

「そういう人でした」

「……ネットで調べたのですが、欧米に死に装束っていうのは殆どないみたいですね。普段愛用していた服の中で、正装に近いものを選ぶって」

「地域にもよるけどね」

本を読んでいた一ツ木さんが、目も上げずにそう言った。

……クラークさんにとっては、あの古風なスーツと傘に、そういう意味があったんだ。だからお祖母ちゃんは、そんな暗く悲しいことに私を巻き込ませたくなくて、「クラークさんには関わるな」って……。

「それで、祖母は北さんにクラークさんの保護をお願いしたのですね」

「はい。すぐ診療所に行ったのですが、その時にはもうクラークさんはいなくなっていました。そこで、クラークさんがお遍路で目指していた方向へ車を走らせたのですが、やはり見つからず……。翌朝、引き続き捜索していたら、ひょっとしてクラークさんは倒れたのを機に逆打ちを始めたのではないかと思いついて、一ツ木君に逆方向を捜してもらいました」

一ツ木さんがやっと本から顔を上げた。

「面倒くさかったけどね。あまり時間がないと思ったから」

「時間がない？」

一ツ木さんはふんと鼻をならした。

「沢井さんが見たクラークさんの画像、覚えている？」

「タイトルに、『愛媛大学学生実習・霧島山新燃岳火口付近にてクラーク先生と』ってやつですか」

一ツ木さんは頷いた。

「あれを見て、沢井さんは五年くらい前の写真じゃないかって言ってたろ」

「はい。クラークさん、ずいぶん若いし、体もがっちりしてましたから」

一ツ木さんは首を振った。

「違うよ。沢井さん、新燃岳の噴火のニュース、覚えてない？」

私は、はっと思い当たった。

「確か数年前に……」

「そう。大噴火を起こして入山が規制されていたんだ。それからも不安定な状態が続いていて、火口付近にまで近寄れるようになったのは、つい最近だ」

「それじゃあ……」

私は絶句した。

そんな短い間に、クラークさんはあんなに痩《や》せたんだ。

それに、本倉町長と宇都宮副町長が見たのは、やっぱりどちらもクラークさんだ。梅雨時と一学期の終業式って、一ヵ月もあいていない。クラークさん、徒歩だと四十日以上かかる巡礼を、そんな短い時間で巡っていたのだ。そして倒れて、逆打ちを始めた。衛門三郎みたいに……。

「まあ、そういうわけで、僕がクラークさんを見つけた。無理やり近くの病院に連れていって、北さんを呼んだ。それから北さんがクラークさんに何を話したかは知らないけどね」

「何を話したのですか」

北室長は大きく息を吐いた。

「いろいろです。ただ、なぜ巡礼を始めたのかだけは聞けませんでした。そこには立ち入れないような雰囲気があったので。しかし、逆打ちを一回やってクラークさんの望みが叶っても、叶わなくても、南予町に来てくれると約束してくれました」北室長は、一ツ木さんの方を見た。「それで、例の空き家の手配はどうでした」

「面倒くさいけど、いつでもクラークさんを迎えられるようにやっておきましたよ」

「例の空き家って、どこなんですか」

私の質問に、北室長は「町議会議員の山崎さんの所ですよ」と答えた。

ああ、あの竹林の中の一軒家か……。

何か庵《いおり》みたいな風情《ふぜい》の素敵な家だったな。あそこなら、クラークさんも静かに暮らせるかもしれない。

私は、ほっと息をつくと、推進室を出た。

廊下の窓から、南予町と町を取り囲む四国山地が見える。

山々はもうすっかり色づいていた。

その景色を見ているうちに、私はふと気がついた。

昔の四国の人は貧しかったのにお接待を続けたって言われているけど、きっとそうじゃない。貧しかったから、貧しい人の苦しみを知っていたんだ。知っていたからこそ、お遍路さんを一所懸命《いっしょけんめい》支えていた。

それを思うと、私は、今まで以上に四国が好きになった。

そして、お祖母ちゃんのことも。

これからも、お祖母ちゃんはテレビにお遍路さんが映るたびに、そっとチャンネルを替えるのだろう。観光客の中に悲壮な決意の巡礼者を見つけてしまわないために。お祖母ちゃんは、私が気づいていることを知っているかもしれない。

お祖母ちゃんはその理由は話さないだろうし、私も聞くことはない。

一緒に住んでいるからこそ、口に出さない了解……。

今、私はお祖母ちゃんの孫なんだって、思った。

お祖母ちゃんの孫でよかったと、思った。

四国山地の稜線《りょうせん》を見ていたら、突然、後ろから「結衣ちゃん」と声を掛けられて、びっくりした。

三崎紗菜さんが立っていた。なにやらモジモジしながら包みを私の前に出した。

「これは?」

「一ツ木さん、お昼は食べたり食べなかったりでしょ。それでお弁当を作ってみたの。でも、どう思われるかなあって……」

いやあ、あの人、どうも思わず、誰からでももらったものは食べるでしょ。そう思ったが、顔を真っ赤にしている紗菜さんに、そんなことは言えない。

「で、どんなお弁当なんですか」

「あまり豪華だったりしたら、変に思われるかもしれないから、見た目はあっさりしたものなの。その代わり、おもいっきり手間はかけたわ。八幡浜の特製のカマボコと竹輪が手に入ったから、最高のオリーブ油とハーブで炒《いた》めたの」

あー……。

カマボコと竹輪……。

品評会のチョココーティングのカマボコと竹輪のせいで、一ツ木さん、一年はカマボコと竹輪は食べられないって言ってたな……。

「あとね、デザートに手作りのチョコ。一ツ木さんに喜んでもらいたくて、いろいろと試したの。ベルギーのチョコとスイスのチョコを混ぜたら、すごく相性がいいことが判って
……」

あー……チョコですか……。

紗菜さん、一所懸命研究したんだ。

でも、今の一ツ木さんにそのお弁当は……。

眼をきらきらさせている紗菜さんにどう言えばいいのかわからなくて、私は呆然と廊下に突っ立っていた。

第六話　大吉を引く女

元日《がんじつ》は、すっきりと晴れ上がった。

朝、着物の着付けをお祖母《ばあ》ちゃんに手伝ってもらった私は、これから三崎紗菜さんのお父様が神主《かんぬし》をされている神社に初詣《はつもうで》に行く。

「お祖母ちゃん、行ってきます」

私は玄関で手を振った。

「行ってきなはい。それから、お祖母ちゃんにもお神籤《みくじ》買ってきてくれないかね。あそこのお神籤はよく当たるから」

「判《わか》った」

お祖母ちゃんは、私が高校生の頃まではまだ一緒に初詣に行っていたが、近年は足が弱ってきて、もう神社の長い石段は上がれなくなってしまった。

この年末年始は家族や親戚がそれぞれ仕事や旅行に出ていて、南予町に戻ってきていない。

一人で神社に初詣に行くのは初めてだった。少し寂しいかな。

……寒……

外に出た私は、ぶるっと体を震わせた。

テレビの天気予報によると、強力な寒波が西日本まで降りてきているようで、ここ数日、朝晩の気温は氷点下まで下がっている。「今夜からずいぶんな大雪にもなる」とも言っていた。

温暖な南予町では、ここまで寒くなることは滅多《めった》にない。

気をつけないと、ところどころで道が凍《こお》っていて滑《すべ》るかもしれない。

とはいえ、こんな寒空《さむぞら》でも、神社が近くなるにつれ、参拝客がちらほら見えるようになった。やっぱり日本人なら初詣に行かないとね。

ただ、着慣れない着物で歩くのはちょっと疲れるな。

やっと神社に続く石段が見えてきたところで、後ろから声をかけられた。

「よう。沢井さんも初詣？」

振り返ると、一ツ木幸士さんが立っていた。

「沢井さんも」ということは、一ツ木さんも初詣なのだろうが、よれよれのコートに毛玉付きのセーターを着ていて、シャツの襟《えり》はすり切れている。いくらなんでもその格好《かっこう》は神様に失礼じゃないかな。

百歩譲《ゆず》って服装はいつもの一ツ木さんだとしても、今日は何かちょっと顔色が悪いのが気になった。

「明けましておめでとうございます。……一ツ木さん、何か疲れてませんか」

一ツ木さんは、ふっとため息をついた。

「南予町に大学を作るので苦労している。開学する四月まで、もうあまり時間がないからね」

「またその話ですか。大学作るのって何十億円もかかるんでしょう。どうやってお金を集めるんですか」

ふんと鼻を鳴らした一ツ木さんと並んで、私は石段を上《のぼ》り始めた。

確か、秋祭りの時もこの石段を二人で上ったような気がする。何か変な縁があるな。

「大学の開学にお金なんて使わないよ。ムーク（ＭＯＯＣ）をベースにして作ろうとしているからね」

「ムーク？　前にテレビの特集か何かで聞いたことがありますが」

「一時期、話題になったからね。ムークというのは、大規模公開オンライン講座のことだ。今、世界中の大学がオンラインで講義を一般に公開している」

　何となく思い出してきた。

「えっと……それって、パソコンを使った通信教育みたいなものでしたっけ」

「言ってみればそんなものだ。世界中の有名大学の看板講義を無料で聴講《ちょうこう》することができる。つまり、どんな国のどんな田舎《いなか》でも、そして、どんなに貧乏だったとしても、ネットに繋《つな》がったパソコンさえあれば、最高の教育を受けられるということだ。さらに毎週、課題を提出すれば、講義の修了証も貰《もら》える。外国の先端企業では、その修了証の成績で採用を決めたりすることもある」

「ただで、しかも無試験で聴講できるんですか。私もやろうとすればできますか」

「もちろん。沢井さんに勉強する意欲さえあればね」

　一ツ木さんは「さえ」の部分をことさら強調して言った。

　一ツ木さんのこういうところに、私はいつもむっとする。

「授業料が入らないのに、大学はどうしてそんなことを？」

「大学としては、どんな環境にいる人にも教育の光を投げかけたいという理想もあるが、それだけじゃない。課題で抜群の成績を上げた者をスカウトするための手段としても、ムークを利用しているんだ。優秀な人材の争奪戦は、企業や自治体間で起こっているだけじやない」

「思惑《おもわく》はどうあれ、そんな教育方法があるなんてすばらしいことですね」

一ツ木さんは少し眉《まゆ》を顰《ひそ》めた。

「そのムークが、最近、少し力を失っている」

「どうしてですか。いいことだらけみたいに見えるのに」

「沢井さん、高校生活はどうだった？」

唐突《とうとつ》な質問に、私は戸惑《とまど》った。

一ツ木さんって、よくこんな話の進め方をする。話の先が読めなくなるから、私はちょっと苦手だ。

「……自慢じゃないですけど、三年間皆勤賞《かいきんしょう》とってます」

「それは、立派だ。でも、三年間は楽しいことばかりじゃなかったよね」

「まあ……」

いじめほどひどいものではなかったが、友だちと仲違《なかたが》いをしたり、変な誤解を受けて学校に行きたくなかったりした日もあった。

「楽しいことばかりじゃなくても、高校を休んだり、退学したりしようとはしなかった」

「それはそうですよ。一所懸命《いっしょけんめい》受験勉強して入った学校だから、もったいない。それに、辛《つら》かった時、友だちが慰《なぐさ》めてくれました。中退なんかしたら、その友だちとの関係もなくなってしまうかもしれないじゃないですか。……あ……」

一ツ木さんが何を言おうとしているのか、私にも判った。

「そう。それがムークの弱点。簡単に始められる分、継続しにくいんだ。現実の学校に行けば、嫌でも勉強する時間が決められている。人間とは弱いものだ。そうした強制力がないと勉強は続かない。サイバー空間では人間関係が希薄《きはく》だから、引き留める力も弱い。だから、ムークの講座の修了率は非常に低いんだ。そこで、僕は南予町の廃校に、ムークによる学習の場、生活の場を作ろうとしている」

「学習の場？　生活の場？」

「うん。今、若い人にムークを使った教育を呼びかけている。大都市などでは自発的に人が集まるという流れもあるが、南予町がバックアップして空き家で共同生活をしてもらい、今は廃校になった分校で勉強してもらう。友人と励《はげ》まし合ったり、悩みを相談し合ったりもできる。単に勉強だけに集中するなら、簡単なアルバイトで生活を維持《いじ》することができる」

私は、人間関係の重要さを語る一ツ木さんに不思議な気分になった。一ツ木さんって、そういうものから最も遠い人のように思っていたからだ。

「うまくいくのでしょうか」

一ツ木さんは肩をすくめた。

「今の日本の企業や団体はムークの修了証をそれほど認めていないし、大学といっても名ばかりで文科省が認定しているものでもない。だからこそ、南予町が率先《そっせん》して、規定の単位をとった者を短期大学卒として扱う。もちろんムークのレベルは講義によって大学の市民講座レベルから大学院レベルまでいろいろだ。南予町が単位として認定する講義は選別する必要がある。だから僕は、リタイアした大学の教員を勧誘《かんゆう》していた」

私ははっと思い当たった。

「それでクラークさんにも……」

面倒《めんどう》くさがりの一ツ木さんが、巡礼していたクラークさんを南予町に招こうと努力していたのは、そういうことだったんだ。

「理学の研究者としてだけでなく、クラークさんは英語に関してもアドバイスしてもらえそうだったからね。何と言ってもムークは世界に広がるネットワークだ。日本語の講義もあるが、全てを網羅《もうら》するとなれば、やはり英語は必要になる。松山の高校で英語教師をやっていた人なんかも勧誘したよ。定年後の第二の人生を南予町で過ごしませんかってね。年金の受給者だからそれほど多額の報酬《ほうしゅう》は必要ないかもという現実的な魂胆《こんたん》もあった。

頑固者《がんこもの》の宇都宮副町長の目を避けながら動くのは、面倒くさかったが」

最近、一ツ木さんがしょっちゅう松山に出張していたことを思い出した。

そんなことをやってたんだ……。

「でも、せっかく学生を集めても、卒業したら南予町を出ていくんじゃないですか」

一ツ木さんは頷《うなず》いた。

「だから、彼らが卒業する頃までに、南予町で起業する人に力を貸してくれる投資家を募《つの》る基盤を整備する。あと、彼らが結婚する時期には、配偶者となる異性との出会いの場も作る」

私は一ツ木さんの言葉に驚いた。

何か、すごい長期的な計画を立てていたんだ……。

「本当に、うまくいくでしょうか」

「時間がかかるが、コツコツやっていくしかない。町おこしに特効薬も一発逆転もない。前の町長の言っていた通り、『町おこしの基本は教育に医療に仕事』だ。まず教育と仕事をなんとかする」

そんなに一ツ木さんの計画通りにいくのかな……。

もちろん夢は大きい方がいいけど……。

難しい話をしている間に、私たちは神社の長い石段を上りきった。

神社の境内《けいだい》は着飾った人でいっぱいで、ずいぶん華《はな》やかだった。

帰省した人が、こぞって初詣に出てきているのだ。

見知った顔も何人かいる。

あ、あのお姉さんは……。

商店街の閉めちゃったお店の店員さんだった人だ。引っ越したって聞いていたけど、正月にはこっちに来てくれたんだ。

南予町でこんなにたくさんの若い女性が一箇所《いっかしょ》に集まる光景を見るのは、成人式以外にはないような気がする。

一部の男の子は家業を継いだりして町に残るけれど、女の子はほとんど、高校卒業後に就職や大学進学で外に出てしまう。大学を卒業しても、大方は南予町に戻ってこない。

一ツ木さんが小さなため息をついた。

「女性が南予町から出ていくのは、基本的に、雇用が少ないからだ。あっても、パートなどの補助的なものが多いからな」

まるで私の頭の中をのぞいたように、一ツ木さんがぽつりと言った。

そう。だから、女性が離れる。

そして、たいていは他の街で就職し、結婚し、子どもを作る。南予町に帰ってくるのは、盆暮れ正月だけになってしまう。

「地方の少子化というのは、まず若い女性の流出から始まっているのかもしれませんね」

「そういう見方をする人が多いね。ただ、ちょっとした誤解もある。女性は都会に出るといっても、まだ地方中核都市あたりに集まる傾向があるんだ。実家で何かあってもすぐ帰ることのできるような距離に、留《とど》まろうとする人が多い。愛媛の場合だと、松山や今治に二十代から四十代の女性が集まっている。こうした自治体は生き残る確率が高いだろうね。南予町で作る大学でも、特に女性を集中的に集めたいと考えている。それがうまくいかなかったら、南予町は伊達町に飲み込まれるだけだ」

またただ。

一ッ木さんは、暗に葉山さんのことを言っている。

葉山さんは中学、高校、大学と一ッ木さんと同期で、総務省に入省した女性だ。今は隣町の伊達町に出向《しゅっこう》してきていて、副町長をやっている。元官僚だけあって頭も良さそうだし、おまけにすごい美人だ。

人にあまり興味を持たない一ッ木さんは、学生時代の葉山さんのことをすっかり忘れていたようだが、隣町のライバルとなった今では、ずいぶん警戒しているみたいだ。

でも、伊達町に飲み込まれるって、さすがにそれは妄想《もうそう》じゃないのかなあ。

私たちは本殿に参拝した後、社務所に向かった。

社務所前に置かれた机には、破魔矢《はまや》やお守り、お神籤が並べられていた。机の向こう側には紗菜さんと妹さんが巫女《みこ》さん姿で座っている。

「明けましておめでとうございます」

私は、紗菜さんに声をかけた。

「明けましておめでとうございます、一ツ木さん、結衣ちゃん」

一ツ木さんを認めた紗菜さんは、ぽっと頬《ほお》を赤く染めた。

巫女さん姿の紗菜さん、決まっているなあ。

巫女姿だと、ただでさえ高い紗菜さんの美人度が三十パーセントくらいアップする。今の紗菜さんなら愛媛でトップの美人かもしれない。

今日は隣に、紗菜さんに負けず劣《おと》らずのかわいい妹さんもいる。参拝に来た男の人たちは、思わず足を止めて見入っているようだ。

「お神籤、いただけますか」

私は紗菜さんに差し出された箱の中から二本のお神籤を引き、自分の分の封を切った。

何かな。いい運勢だと良いな。

えっ⁉

大凶……。

「どうかした？」

心配顔の紗菜さんに、私はお神籤を見せた。

「大凶だったんです。あのう、普通、神社は松の内には大凶は抜いておくって聞いたんですが」

「ごめんなさい。うちはそういうことしてなくて」

紗菜さんは、本当に申し訳なさそうに首を振った。

う～ん。サービス精神がないというか、融通《ゆうずう》が利かないというか、頑固というか……。

まあ、それがこの神社のいいところでもある。おかげでずっと昔からの行事や巫女の舞《まい》なんかも守られているからね。

「大吉か……」

隣の一ツ木さんが、たいして嬉《うれ》しそうでもなく呟《つぶや》いた。

一ツ木さんのお神籤は大吉だったんだ。

なんで一ツ木さんみたいな人に大吉が？　この神社の神様は、ちょっと不公平じゃないかな。

「明けましておめでとう」

背後で響いた大きな声に驚いて振り向くと、ピンク色の羽織《はおり》姿の本倉町長と、伊達町の葉山副町長が立っていた。

噂《うわさ》をすれば影だな。

「明けましておめでとうございます」

私と紗菜さんは、慌《あわ》てて頭を下げた。

本倉町長と葉山副町長、時々一緒にいるなあ。あまり合わない性格だと思うんだけど、何してるんだろ。

「敵情視察《しさつ》かな」

むっつり顔の一ツ木さんの無礼なセリフに、葉山副町長はちょっと肩を寄せた。

「あら、何のことかしら。こちらの神社が素敵だって本倉町長に伺《うかが》って、ご案内いただいているだけですよ」葉山副町長は私の方を向くとにっこり笑った。「それより、お祖母様のお体の調子はどうですか」

「はい。伊達町の休憩所を使わせて頂いて、ずいぶん楽に通院できました。今はもうすっかり元気です」

伊達町は、松山の県立中央病院のすぐそばの空き家を借りて、通院する人のための休憩所を設けており、最近は周辺の自治体の住人にも開放している。私のお祖母ちゃんも、何回か利用させてもらったのだ。

「それはなによりでした。来年度からは通院バスを出しますから、是非《ぜひ》ご利用くださいね」

「通院バス?」

「伊達町の町営住宅を始点として、松山の大型病院をぐるりと回るの。将来は、高校や大学も巡る予定です」

「南予町の住人も使っていいのですか」

「もちろん。こんな時代、お隣の自治体同士、協力していかないといけませんから」

本倉町長が頷いた。

「いやあ。美人の上にお優しい。南予町としても伊達町に協力できることがあれば何でもいたします」

「ありがとうございます。それは後々《のちのち》……」

本倉町長はハッハと高笑いした。

「いやいや。新年早々、美人の四人とご一緒できるなんて、今年もいい年になりそうだ。お神籤もきっといいのが当たるでしょうな」

紗菜さんが差し出した箱から、本倉町長はちょっとだけ神妙な表情を浮かべたあと、お神籤を引いた。

中を見た本倉町長の顔が、ぱっと明るくなった。

「おお。今年も大吉か。去年も一昨年《おととし》も大吉だった。この神社は、松の内には大吉しか入れてないんじゃないのか」

ああ、本倉町長も大吉だったんだ。

やっぱりこの神社の神様、不公平なんじゃないかな。

悩みのなさそうな本倉町長の笑顔を見ていると、何かちょっと腹が立つ。

続いて引いた葉山副町長は少し首を捻《ひね》ると、お神籤を私たちに見せた。

小吉だった。

「あら残念」

本倉町長が破顔した。

「さすがに葉山さんともなると小吉では満足できませんか。そうだ！　いっそ、松の内のお神籤は全部大吉にしたらどうだろう。ここを大吉しか出ない大吉神社として売り出せば、観光客が来るんじゃないかな。町おこし案としていいアイデアだと思うんだが」

苦笑いを浮かべた葉山副町長が「それではありがたみがなくなるかもしれませんね」と

やんわりたしなめた。

「それなら、大凶しか出ない大凶神社にしよう。話題性は十分だ。大凶というのは今が最悪で、これから良くなる一方だって言うからね。全国から落ち込んでいる人が殺到するかもしれない。神主の三崎さんに相談してみよう。三崎さん、お父上はどこにおられるのかな」

「えっ……。今は本殿の方にいるかと」

「さっそく話してみるよ。うん、新春早々いいアイデアだ」

本倉町長は一人頷くと、困り顔の紗菜さんを残して意気揚々《いきようよう》と本殿の方へと歩いていった。葉山副町長も軽く頭を下げると、本倉町長の後に続いた。

ああ……。

本当に行っちゃうんだ……。

いくら温厚《おんこう》な紗菜さんのお父様といっても、さすがにあんな提案をされたら怒るんじゃないかな。

まあ、葉山さんが大人の取りなしをしてくれるだろうから安心だろうが。

「じゃあ、私もこれで」

私は一ツ木さんを残して、紗菜さんと別れることにした。

本当を言うと紗菜さんとはもう少し話をしていたかったが、せっかく一ツ木さんと紗菜さんが会えたんだから、二人きりにしないとね。鈍《にぶ》い私でも、なかなか進展しない一ツ木さんと紗菜さんの仲に気を揉《も》んでいるんだ。勘《かん》のいい紗菜さんの妹さんも、すっと席を立ってるし。

お神籤以外は、いい初詣だったな。

帰りがけ、石段の途中でテッちゃんに出会った。

テッちゃんは私の幼なじみだ。私が学校の夏休みや冬休みを利用して南予町に帰省している間、よく遊んだ。

今、テッちゃんはお父様のお店を手伝いながら、移動販売車を走らせたり、消防団員として活躍したりしている。

「明けましておめでとう、テッちゃん」

「おめでとう、結衣ちゃん」

「消防団のはっぴ、決まっているね。その姿で出初《でぞ》め式に出るの？」

テッちゃんはちょっと困った顔をした。

「出初め式はまだまだ先だよ」

「そうなんだ。ごめん」

テッちゃんは頭《かぶり》を振った。

「いいよ。消防団の活動って、なかなか他の人から見えないからね。出初め式が一番の見せ場だけど、なかなか人が来てくれない。伝統的な梯子《はしご》操法《そうほう》とか、見所いっぱいなんだけどな」

そういえば、私も出初め式を見たことがない。

「消防団って地域を守る大切な仕事なのにね」

テッちゃんは肩を落とした。

「あまり知られてないから、入団者も減っていく一方なんだ。地域の高齢化と少子化がそれに輪をかけている。それで、ちょっとでも身近に感じてもらおうと思って、初詣に消防団のはっぴを着てきたってわけ」

「大変なんだ」

「他にも何かアピールする方法があればなあ」

「アピールねえ……」

どこも人不足なんだ。

「何か考えておいてくれよ。消防団が身近にいて頼りになる存在だって思えるような」

テッちゃんは、もう一度頭を振りながら、本殿の方に向かっていった。

お祖母ちゃんの家に戻って着物を脱いだ私は、こたつに潜《もぐ》り込んだ。

やっぱり普段着の方が楽だわ。

「これ、お祖母ちゃんにお神籤」

お祖母ちゃんがお神籤を開くのを横から覗《のぞ》いてみたら、中吉だった。

良かった。大凶の方を渡さなくて。

「中吉くらいが、ちょうどいいねえ」

そう言って喜んでくれた。もっともお祖母ちゃんなら、どんな結果でもにこにこ受け入れそうな気がするけど。

今年も、お祖母ちゃんにとっていい年になるといいな。

「そうだ。伊達町のバスが新年度から走り始めるんだってね」

私が話題を振ると、お神籤をお財布《さいふ》に入れたお祖母ちゃんは頷いた。

「知っているよ。お祖母ちゃんの幼なじみも、同居しているお孫さんとあっちの町営住宅に移るみたい。通院するにも大変だし、家が古くなって修理費もかさんでいるみたいだから。伊達町の副町長さんからも勧《すす》められたんだって」

「へえ、そうなんだ。そっちの方が本人にはいいかもしれないね。だけど、お祖母ちゃんはさみしくなるね」

「県立中央病院の傍《そば》の休憩所で会おうねって約束しているから大丈夫」

そう言いながら、お祖母ちゃんは笑った。

そんな話をしているうちに、私はこたつの暖かさに、だんだん眠くなってきた。

大晦日《おおみそか》は「紅白歌合戦」から「ゆく年くる年」を見て、そのあともテレビを見続けていたから、ちょっと睡眠不足になっているのかな……。

私は、こたつで、つい、うつらうつらした。

「市長？」

誰かが私に呼びかけている。

……市長？……あ……私か……

私はゆっくりと目を開けた。

いつの間にか、机にうつ伏《ぶ》して居眠りしていたようだった。

顔を上げると、南予市市長席の前に、危機管理課の兵頭課長が立っていた。

兵頭航介君は、私の一年後輩だ。自治体間で結んだ職員の災害派遣協定にしたがって、全国各所の危機管理部門を経験して、今は危機管理のエキスパートになっている。

兵頭君は「すみません。ノックしたのですが、お返事がなかったもので」と、私の机に風呂敷包《ふろしきづつ》みを置いた。

「ごめん、ちょっと眠っていた。それでこの風呂敷包みは？」

「市役所の前で、ご隠居《いんきょ》と会いまして。ご隠居が『がんばっている結衣ちゃんに』って」

「北さんが？」

北さんというのは私の元上司で、推進室の室長として定年退職した。今でも何かに悩んだ時は良き相談相手になってくれている。

私は机の上に置いた風呂敷包みを開けた。

風呂敷の中身は、お重箱だった。

「今年は市長がどうやら年始に来られないようだからって、市役所に持ってこられたそうです」

「そっか。この市長室の灯《あか》りって、北さんの家から見えるからね。それで北さんは？」

「これを私に渡すと、すぐにお戻りになりました」

「直接お礼が言いたかったな」

「勧めたのですが、固辞されて」

だんだんはっきりしてきた頭で、兵頭君が防災服を着ていることに気がついた。

「ところで兵頭君、その姿はどうしたの？」

「南予市に出ていた大雪注意報が、大雪警報になりそうなので」

えっ？

私は慌てて外を見た。

元旦《がんたん》から降っていた雪が強くなっている。こんな雪は温暖な南予市では珍しい。

警報が発令されると、危機管理課の課員の少なくとも一人は市役所にいなくてはならない決まりになっている。今回は、発令前に兵頭課長が出勤してくれたようだ。

「ご苦労さま」

「市長こそ元日から徹夜でお仕事ですか」

「ちょっと気になることがあって。でも、だめね、ついうつらうつらしていた」

私は北さんから貰ったお重箱を開けた。

ブリ、栗《くり》きんとん、紅白のカマボコ、カズノコ、昆布巻《こぶまき》……。

うーん、素敵なおせち料理！

元旦から殆《ほとん》ど食事を摂《と》らずに仕事を続けていた私は、自分がすごく空腹なことに気がついた。

「豪華ですね」

「兵頭君も一緒にどう？　まだ警報にはなってないんでしょう」

「えっ、いいんですか」

兵頭君はにっこりと笑った。

「とても一人じゃ食べられない。それに、みんなが食べられるように、北さんの奥様、割《わ》り箸《ばし》を何膳も入れてくださったんだと思うよ。もし、他にも市役所に出てきている人がいたら呼んできて」

「じゃあ、お茶を淹《い》れてきます」

兵頭課長はいそいそと市長室を出ていった。

私は窓辺《まどべ》に立つとスマホを取り出した。

「北さん、明けましておめでとうございます。おせち料理をありがとうございました。上がってくだされば良かったのに」

『いやいや。お仕事の邪魔をしては悪いですからね。でも、徹夜はいけないですよ』

「見られてましたか。でも、だいじょうぶです。さっきちょっと眠りましたから」

『それじゃ初夢でも見ましたか』

私はちょっと考えた。

「見たような気がします。何かずっと昔の夢だったような……でも、忘れちゃいました」

『それは残念でした』

北さんの声はいつものように穏《おだ》やかだ。

いろいろと悩んで仕事をしていたが、聞いているとなんだか気分が軽くなるようだった。

「仕事が一段落したら、御礼に参上します……」

『いやいや、お気遣《きづか》いなく。それより、本当に体に気をつけてくださいね』

私は、北さんの家の方に向かって一礼した。

北さんの家から、私の姿が見えるといいな。

兵頭課長が湯呑《ゆの》みと急須《きゅうす》を載せた盆を持って戻ってきた。

「そういえば、私が町役場に入った年にも降雪注意報が出ましたね」

「本倉町長の時代ね。本倉町長が自衛隊の災害出動を知事に要請したりして大変だった」

「ええ。あれには私もびっくりしました」

兵頭課長は私の湯呑みに茶を注いだ。

「知事といえば、葉山知事とはあまり揉めない方がいいと思いますが」

兵頭君の言葉に私はちょっと驚いた。

「私が葉山さんと揉めているように見えた？　葉山さんと争っているつもりはないんだけど、行政の方向性が違うから周りの人はそう感じちゃうのかもね」

兵頭課長は自分の湯呑みに急須を寄せた。

「まあ、世間は喧《やかま》しいですから、変な噂が立つのも損です」

「気をつけるわ」私は栗きんとんを箸で摘《つま》んだ。「他に何か問題になりそうなことはない？」

「市立大学の件では、総務課や財務課の連中が困っているようですね」

カマボコを口に入れた兵頭課長が眉を寄せた。

「また一ツ木さん？」

「ええ。そろそろ年度末に向かっての業務を始めないといけないんですけど、学長不在でどうしたものかと。……学長は、今は？」

「一ツ木さん、アフリカで何か調査しているみたい。人類発祥の地で何かを見つけるつもりらしいよ」

兵頭課長はため息をついた。

「確か去年の夏は東南アジアに長い間行ってましたね。というか、日本にいない時間の方が長いんじゃないですか。市立大学の運営でも突拍子《とっぴょうし》もないことを言い始めますし。なぜああいう方に美人の奥さんがおられるのか不思議です。ああ、市立病院の葛西《かさい》副院長の奥様も美人ですよね。南予市では、美人は変人と結婚しなくちゃならないという決まりでもあるんですかね」

兵頭課長の愚痴《ぐち》に、私は苦笑いした。

「葛西副院長と祥子さんは昔からの馴染《なじ》みだから。でも、市立大学に市立病院……ここも私たちが町役場に入った頃とはずいぶん変わったよね」

私が結婚した頃、南予町には新しい民間事業がいくつも立ち上がった。私に子どもができたあたりから町の人口は飛躍的に増え、五万人を超えて南予市になった。中心部の再開発で大型の商業施設が建設され、町の診療所は建て替えられて市立病院になった。私が副市長に任命された頃のことだ。

「まあ、南予市の人口が増えるのはいいことですが……」

兵頭課長はまたカマボコを口に入れた。よっぽど好物のようだ。

「どうかしたの?」

「新年度に南予南中学校が開校しますよね。うちの中二になる娘が、学区の変更でそっちに移ることになったのですが、親友と別れることになってしまって」

「それはちょっと悲しいね」

その年頃だと、友人との別れは心に痛いだろう。

「しかも、娘が初詣で引いたお神籤が大凶でしてね。落ち込んでいるところです」

あ……。

何か、思い出した。

先ほど見た初夢で、お神籤のことが出ていたような気がする。

「三崎さんのところの神社、今でも松の内に大凶入れているんだ」

「そのようです。入れる数も昔と変わってないそうですよ。あそこの神主さん、温厚ですけど頑固ですから」

まあ、紗菜さんのお父様もお元気でなによりだ。

「私も初詣で一度だけ大凶を引いたことがあるの。ありがちだけど、大凶が出たらそれからは良くなる一方っていうでしょう。私もその年はずいぶんいいことがあった記憶がある」

「それはいいことを聞きました。娘に伝えましょう」

昔、初詣で一ツ木さんと一緒に石段を上った時のことが、次々に思い出されてきた。

「そうだ。あの時は、本倉町長が『神社のお神籤を松の内は全部大凶にして観光名所にしよう』と言い出して、問題になったよ」

「それって、葉山知事とご一緒の時では」

「そう。当時、葉山さんは伊達町の副町長だった。よく知ってるね」

「一ツ木さんに聞いたんです。葉山知事、その騒動を収めた後で、また社務所に戻ってきたのはご存じですか」

「いえ、知らないわ。なぜ戻ってきたの？」

「お神籤を買うためですよ。なんでも、大吉が出るまでお神籤を引き続けたらしいです」

私は苦笑した。

「葉山さんらしいわね」

「一ツ木さんもそう言ってました」

人によって、お神籤の扱いはいろいろのようだ。

私みたいに、どんな結果になっても受け入れようとする人もいれば、凶が出たら厄払《やくばら》いする人もいる。そして、葉山知事みたいに、大吉が出るまで引き続ける人も……。

その時、私と兵頭君のスマホが同時に鳴った。

「どうやら、大雪警報に変わったようですね。今後二十四時間で最大三十センチの降雪の恐れ……ですか。これはちょっと大変ですね。それでは私は自分の部署に戻ります。おせち、ごちそうさまでした」

「これから長く詰めないといけなくなるんでしょ。残ったおせちを分けっこしない？」

私は、お重の一つに、もう一方の中身を半分ほど移して兵頭君に渡した。カマボコは、少し多めに入れた。

兵頭君は「ありがとうございます」と礼を言うと、お重と湯呑みを手に、市長室を出ていった。

……大雪警報か……

昔、一ツ木さんに言われたけど、自然災害は本当に油断してはならない。

高齢者の家などでは、子どもが戻ってくるあてのない場合、つい自然災害による損傷の修理を怠《おこた》り、結果として手がつけられなくなるまで傷が拡大することがある。そうなると、家から出ていかざるを得なくなる。

いくら人口が増えているといっても、不本意に南予市を去る人が出ることは避けたい。

私は、パソコンのキーを叩《たた》いた。

南予市全域の地図が出てくる。

拡大すれば一戸一戸まで鮮明に表示され、クリックすると、家の築年数や住民の性別、年齢も出てくる。

毎年、推進室に配属された新人はこのデータを更新することになっている。

……昔は、これを手描きで作っていたよなあ……

私は、北さんに命じられた業務を懐《なつ》かしく思い出した。町役場に入って、まだ二年目のことだった。

私は、危なそうな地区や家をチェックした。

……もしかして、一番危ないのはこの市庁舎かも……

私は市長室を見渡した。

市庁舎といっても、昔の町役場の建物をそのまま使っている。もちろん耐震補強工事などは施《ほどこ》してあるが、相当に古いものだ。

建て替えなかったのは、人口増加によって新しい学校や施設が必要になり、市庁舎に予算を回せなかったからだ。

不安の種は尽きないけれど、危機管理についてはエキスパートの兵頭君が詰めてくれているから、市庁舎に何かあったら知らせてくれるだろう。

おせちでお腹がいっぱいになったら、また眠くなってきた。

……三十分くらい休もうかな……

私は、机に腕を置き、頭をのせた。

「結衣ちゃん」

お祖母ちゃんの声が聞こえる。

私はゆっくりと目を開けた。

「あ……。うつらうつらしていたんだ」

私はこたつから頭を上げた。

「そんなところで寝ていたら風邪《かぜ》をひくよ」

「大丈夫、大丈夫」

私はほっと息を吐いた。

「どうしたの、ぼんやりして。初夢でも見てた？」

「初夢？」

そっか。

お祖母ちゃんに言われてみれば、何か夢を見ていたような気もする。

初夢って元日の夜から三日の朝までに見る初めての夢のことらしいから、見ていたとすれば今のが初夢なんだ。

「どんな夢だった？　初夢で運が占《うらな》えたり、予兆を知ることができるそうね」

「うーん」私は宙を睨《にら》んだ。「どんな夢だったか、ほとんど思い出せない。何か、北さんちのおせちが美味《おい》しいなっていうのは覚えている。明日お年始に行くから、そんな夢を見たのかな」

「じゃあ、正夢になるかもね」

お祖母ちゃんは面白《おもしろ》そうに笑った。

「あと、確か、一ツ木さんには困ったものだって……そんな夢だったような気がする」

「正夢」と言われると、ますます気になってきた。どんな夢を見ていたんだろ。忘れちゃったのは、もったいないな。

「一ツ木さんが夢に出てきたのね」

「せっかくの初夢にまで出てくることないのに。本当に困った人だわ」

「そうかねえ」お祖母ちゃんはちょっと首を傾《かし》げた。「お祖母ちゃんは、一ツ木さん、いい人だと思うけどね」

ええっ!?

「私、いままで一ツ木さんほど変人で傲慢《ごうまん》で狭量《きょうりょう》で傍若無人《ぼうじゃくぶじん》の上に面倒くさがりの人、見たことない」

「そうかねえ」お祖母ちゃんは繰り返した。「一ツ木さんが解決した謎……雨の日に自転車で走る漁師さんの息子さんの話とか、認知症《にんちしょう》で彷徨《さまよ》っているお爺《じい》さんの話を結衣ちゃんから聞いていると、一ツ木さんって、人の心の奥が判る人のように思えてくるけどね。三崎さんのところの娘さんも、そういうところに惹《ひ》かれているんじゃないの?」

いやいや、絶対それお祖母ちゃんの勘違いですって。

「一ツ木さん、一生懸命地域のためにがんばっている伊達町の葉山副町長のことも、偏見《へんけん》の目で見ているようなのよ」ふと、お祖母ちゃんから聞いた言葉を思い出した。「そういえば、お祖母ちゃんの幼なじみも、お孫さんと伊達町の町営住宅に引っ越して、町営バスのお世話になるのよね」

お祖母ちゃんは頷いた。

「町営住宅のすぐ前からバスが出るから、本当に便利なんだって。葉山副町長の熱心な勧めもあって、引っ越しを決めたみたい。これからも移る人が出るんじゃないかね」

あれ？

何かひっかかる。

「お祖母ちゃんの幼なじみのお孫さんって、女の人？」

「ええ、まだ結婚前の娘さんだけど。葉山さん、お祖母ちゃんにも声をかけてくれたよ。伊達町の町営住宅から通院すると便利ですよって。お孫さんも伊達町から町役場に通えばいいんじゃないかって」

え？

やっぱり何か変だ。

「それで、お祖母ちゃんは何て答えたの?」

「思い入れのある家だから、住めるまでここに住んでみますって答えたよ。それにあの副町長さん、今風なのか、ちょっとお祖母ちゃんは苦手で」

私は、一ツ木さんの言葉を思い出した。

……二十代から四十代の女性が集まる自治体は生き残る確率が高い……

「お祖母ちゃんや、お祖母ちゃんの幼なじみの人以外に、葉山さん、声かけているのかな」

お祖母ちゃんは頷いた。

「何人か聞いたね」

「ひょっとして、その人たちに娘さんとか、孫娘さんとかいない?」

「そういえば、みんないるような。不思議ね」お祖母ちゃんは、ちょっと首を傾げた。

葉山さんは、若い女性がいる世帯に限って声をかけている?

……まさか……まさかね……

私は頭を振った。

「こんな時代、お隣の自治体同士協力していかないといけない」って、葉山さん、言っていたよね。

ふと、なぜかは判らないが、葉山さんは大吉が出るまでお神籤を引く人だというイメージが頭に浮かんだ。

伊達町にとって大吉の世帯にだけ……。

ひょっとして、葉山さんの思惑って、一ツ木さんが言ってた通りだったりする？

葉山さんは総務省から出向してきた。何かしら、国の方針に沿って動いている？

——南予町の存続のためには、東京や松山や宇和島と戦争だ……とは思っていたが、国とも戦うことになったたか。

葉山さんの計画を知った時、一ツ木さんの呟いた言葉が、頭の中でぐるぐる回る。

私は訳《わけ》が判らなくなった。

ただ、すごく大きな流れの中に自分がいるような気がするのだけは確かだった。

推進室に入るまでは、そんな大それたこと、考えたためしもなかった。

でも、今は、考えないといけない立場になったのだろうか。

そう。

一ツ木さんによると、北室長は「南予町が消えるのならそれでもかまわない」と思っているらしい。「ただ、それまでに町民が感じる痛みを少しでも取り除こう」というのだ。

一ツ木さん自身の考えは全く逆で「他の町がどうなろうと、南予町さえ存続できればそれでいい」というもの。称していわく「人口獲得ゲーム」だ。

そして一ツ木さんの説によると、前町長が私に期待していたのは、北室長とも一ツ木さんとも違う「第三の道」を見つけることだ。そのために推進室に異動させたのだ、と。

そんなの、私には荷が重いよ。

「ちょっと部屋で休んでくる」

私はこたつから出ると、自分の部屋に戻り、ベッドに横になった。

……私がやらないといけないこと……

一ツ木さんに言われてからずっと頭の隅っこにあったことだけど、答えは出ていない。

長い間考えていたが、ふと「私のやりたいことって何だろう」という問いが頭に浮かんだ。

……南予町のみんなが幸せになることかな……

……それなら、どうすれば幸せになるか。身近なところからでもいいから考えないと……

気がつくと、私は長い間、ベッドの上で固まっていたようだ。

ベッドから起き上がった私は、スマホを手に取った。

『結衣ちゃん？　どうしたの？』

電話口から聞こえるテッちゃんの元気な声に、何かほっとした。

「ちょっと相談したいことがあって……聞いてくれる?」

『何? あらたまって』

「実はね、うちのお祖母ちゃん、足が弱っていて、初詣にも行けなくなっているんだ」

『ああ……。神社の石段、長くて急だからね』

「それで、思い出したんだけど、香川の金刀比羅宮《ことひらぐう》って知ってる?」

『行ったことないけど、テレビなんかでは見た。山にある神社だろ。あそこの石段も長いらしいね』

「確か全部で千三百段以上もあったと思う。本殿までなら、その半分ほどだったかもしれない」

『うちの町の神社より、はるかにすごいね。高齢者には無理か……』

「うん。ただね、途中までだし有料だけど、駕籠《かご》で運んでくれるっていうサービスがあるの」

『判った』テッちゃんのいたずらっぽい声が聞こえた。『それを、うちの消防団とか青年会にやってもらいたいってことなんだろ』

私はスマホに向かって頭を下げた。

「いつもお願いばかりでごめんね。高齢者の皆さんが喜ぶと思うんだ」

『うん。消防団としても、格好《かっこ》いいところを町の人に見せられるね。良いアピールになるかもしれない。トレーニングにもなるし。分団長にさっそく相談してみる』

すっかり乗り気になったテッちゃんに、私は慌てた。

「明日からすぐやってほしいっていうわけじゃないのよ。きっと安全対策とか、事前に調べないといけないことはたくさんあると思うし、神主の三崎さんとも相談しないと」

『それじゃあ、やるとしても、春の祭りからかなあ』

テッちゃんは少し残念そうな声で言った。

「そんなに早くできるのなら、嬉《うれ》しいよ」

『ともかく、明日にでも話し合わない？』

「うん。ありがとう。何時がいい？」

『昼にうちの店っていうのはどう？』

「判った。ありがとう」

私はもう一度見えない相手に頭を下げると、通話を切った。

ふっと長い息を吐《は》く。

高齢者を神社まで駕籠に乗せるなんて、つたないアイデアだと自分でも思う。

葉山さんの休憩所や町営バス、一ツ木さんの大学開学や起業家の育成なんかに較《くら》べれば、本当にちっぽけな考えだ。
第一、実現するかどうかも判らない。
それでも、自分にできることからやっていこうと思った。
自分がやりたいことから、やっていこう。
なにより、高齢者の皆さんが喜んでくれるかもしれないじゃない。
私は両手を握《にぎ》りしめた。
……今年は気分を新たにしてがんばろう……
私は、スマホを脇に置くと、ゆっくりとベッドに横になった。

第七話　また、来る人

一ツ木さんの錆《さ》びだらけの車は、なんとか分解せずに坂の上《のぼ》り口まで走ってこられた。

「ここからは歩きですね」

私は助手席から降りると、菜の花が咲く段々畑の先に覗《のぞ》いている、古い民家を見上げた。

「面倒《めんどう》くさいな」

一ツ木さんが文句を言いながら、運転席から顔だけ出した。

「この先は車が入れないから仕方ないですよ。それに、学問所は一ツ木さんが計画したことですし」

私は、運転席から一ツ木さんを引っ張り出した。

そう。

一ツ木さんは南予町の町おこしのために「ムーク」とかいうシステムを使って、南予町に大学を作ろうとしている。ムークとは、インターネットを介して世界中の大学の講義が受けられる通信教育みたいなものらしい。文部科学省が認可しているわけじゃないから『大学』は名乗れないけど、新年度から『南予町学問所』として、廃校になった中学校で開くことになっている。田舎《いなか》の小さな学問所に学生さんなんて来てくれないだろうと思っていたが、男性三人、女性四人が入学することになった。

女性が多いのは、一ツ木さんが女性の方に重きをおいて勧誘《かんゆう》したためらしい。

「若い女性が多い町は、生き残る確率が高い」のだとか。

ともかくも、男性一人をのぞいて、六人が既《すで》に南予町に来ている。

今、私たちが向かっている屋敷は、本倉町長が個人として最近購入した物件だ。坂道を上ったどん詰まりに建っていて、決して便利とは言いがたいが、南予町に移住してくる男子学生用のシェアハウスとして使うことになった。もちろん、女性用は別にある。

シェアハウスの家賃は、一人につき月八〇〇〇円、プラス光熱費の頭割り。都会に住む人からみると、それでも高いと思うかもしれない。実は田舎にある独身者用のアパートやマンションの家賃って、それほど安くないんだ。南予町でも三万以上する。なぜなら、もともと田舎には、独身や若夫婦用のアパート、マンション自体の数が少ないからだ。家賃だけで見れば、松山なんかの方がかえって安い物件が見つかったりする。このあたりも、田舎に若い人が移り住んできにくい原因の一つになっているんだ。

「お掃除、がんばりましょう」

私は、ようやく車から降りた一ツ木さんの背中を押した。

業者さんに頼むと高いので、シェアハウスの入居前の清掃などは、推進室がやることになっていた。今日はその最終日。明日からは、シェアハウスに住む男性三人が分担して掃除をすることになる。

「本当に面倒くさいな」

坂を上りながら、一ツ木さんはまだ文句を言っていた。

「何だか、雨が降りそうです。急いで行きましょう」

私たちは、菜の花の咲く段々畑の坂道を上っていった。

坂道を上がりきったところで、私は思わず呟《つぶや》いた。

「あ……付けちゃったんだ……」

古く大きな屋敷の門に『ラ・メゾン・南予』と書かれた真新しい看板があった。

この屋敷をシェアハウスにするにあたって、本倉町長が命名したのだが、趣《おもむき》のある古い屋敷には絶対に似合わないと私は思う。

ちなみに女性用シェアハウスには、貸して下さった町議会議員の山崎さんが『清風荘《せいふうそう》』

と名付けてくださった。こっちは、こぢんまりした民家に似合った、いい名前だ。

「立派ですね」

私は門の前に立って、もう一度、ラ・メゾン・南予を見渡した。間取り図によれば、ラ・メゾン・南予には共用の居間に加えて五つも個室がある。

その時、玄関から若い女性が出てきた。

四月から南予町学問所に入学する予定の女子学生だった。確か名前は、副島杏奈《そえじまあんな》さん。

「こんにちは」

私は副島さんに挨拶《あいさつ》した。

「ああ……。確か、町役場の人ですね」

副島さんは、何かむすっとした表情を浮かべている。

「何か問題でもありました?」

副島さんは眉《まゆ》を寄せた。

「ありますよ。新入生は男子三人、女子四人でしょ。私たちの清風荘には、個室が四つしかないんです。なのに男子三人が住むこのラ・メゾン・南予には、五つも個室があるって聞きました。それで確かめにきたんです。やっぱり聞いた通りでした。どうしてですか。今のままだと、新しく女性が申し込んできた時に入居できなくなります。空きスペースがあったら、みんなの書庫なんかにも使えるのに。これって男女差別じゃないですか」

「ああ……、そんなことがあったんですか……」

私が掃除を任されたのはラ・メゾン・南予だけだったので、清風荘の個室の数までは覚えていなかった。

「ともかく、清風荘のみんなには知らせようと思います」

そう言うと、杏奈さんは門の脇《わき》に置いてあった自転車に乗って、坂道を下りていった。

「やっぱり、こういうことになったか」

一ツ木さんがぼそりと言った。

「やっぱり？　一ツ木さん、部屋数の矛盾《むじゅん》に気づいてたのですか」

「ああ」

「じゃあ、どうして」

一ツ木さんは肩をすくめた。

「こっちを男性用にって半《なか》ば強引に決めたのは本倉町長だ」

「理由はなんですか」

「さあね。聞いたけど、はぐらかされた。南予町学問所開設の件は、新規事業に否定的な姿勢の宇都宮副町長が反対していたから、本倉町長まで消極的になってしまったらいけない。だから、強く問《と》い質《ただ》すことができなかった」

そういうことか。

でも、なぜだろう。

言動はともかく、本倉町長は人だけは好《よ》い。男女差別をするような人ではないと思う。

それじゃあ、どうして個室の多いラ・メゾン・南予を男性用と決めたんだろう。

「どうかしましたか」

後ろから声をかけられて振り返ると、北室長が狸《たぬき》顔に笑みを浮かべて立っていた。

私は、北室長に副島さんの訴《うった》えの内容を説明した。

「なるほどねえ」

話を聞いても、北室長のニコニコ顔は変わらない。

大丈夫？　これって結構、まずい展開になるかもしれないんじゃないかな。

せっかく南予町に来てくれた人が、学問所や町役場に疑念を持ったりしたらよくないし、万が一、ＳＮＳか何かに不満なんかを書き込まれたら、一ツ木さんの計画そのものに影響すると思う。ただでさえ、学問所の開設は町おこしのスタートに過ぎないんだ。一ツ木さんは、将来、学問所を巣立った学生が起業しようとする時に、投資家などを紹介するつもりでいるらしい。さらには配偶者も……と、かなり遠大な計画を立てているようなのだ。その第一歩でつまずいていては大変だ。

一ツ木さんも、「うーん」と唸《うな》ったまま腕を組んでいる。

あ……、雨が降ってきた。

何か、幸先《さいさき》が悪いぞ。

私の不安をよそに、北室長は「ごめんください。町役場の北です」と明るく声をかけると、玄関からすたすた中に入っていった。

私と一ツ木さんは顔を見合わせたが、玄関前に突っ立っていてもしかたがないので、北室長に続いて靴《くつ》を脱いだ。

玄関続きの居間には、一乗寺《いちじょうじ》君がいた。

一乗寺君は、この春、高校を卒業したばかりの学生だ。昨日からこのシェアハウスに入居している。ちょっと細身で神経質っぽいが、なかなかのイケメンだ。

そこで私は、ちょっとした違和感を覚えた。

一組の布団《ふとん》と引っ越し用の段ボール箱が、無造作《むぞうさ》に居間に置かれている。

「これ、一乗寺君の？」

一ツ木さんの質問に「ええ……まあ……」と一乗寺君が頷《うなず》いた。

昨日入居したのに、一乗寺君はどうやら居間で一晩を過ごしたようだ。

「部屋はいっぱいあるだろ」

「えっと……もう一人、来るんでしょ。三人揃《そろ》ってから部屋割りしようと思って」

なるほど、そういうことなんだ。

それにしては、ちょっと歯切れが悪いな。

「やあやあ」

玄関の方で声がした。

この声は……。

案の定、居間に入ってきたのは本倉町長だった。

意外なことに、その隣には葉山怜亜さんもいる。

最近、ちょくちょく本倉町長と一緒にいるようだけど、何の用だろ。

すごい美人の葉山さんを連れているせいか、本倉町長はいつにも増してハイテンションだった。

「やあやあ。どうだい、シェアハウス『ラ・メゾン・南予』の住み心地《ごこち》は」

一乗寺君に話しかける本倉町長の声が響いたのか、階段からもう一人の入居者、森翔《もりしょう》君が降りてきた。ちょっと太めの男の子だ。

森君は高校を中退した後アルバイトをしていたようだが、一ツ木さんの勧誘で南予町に来た。

美人の葉山さんに、びっくりしたような顔をしている。

「……ああ、大家さん」

我に返ったのか、森君がぺこりと頭を下げた。

「住み心地はどうだね」

「まあ、こんなもんでしょ」森君は、ぐるりと居間を見渡した。「ただ、ちょっと古くさいっていうか、こんなもんじゃ、人は集まらないんじゃないですか。僕は将来、経営者になりたいんだけど、ここじゃ良いアイデアとか浮かばないです。大家さん、改修してくれませんか」

本倉町長は目を瞬《しばたた》かせた。

「……改修って、どんな風に？」

「まず、全ての部屋に明るい色の壁紙くらいは貼って欲しいです。それから台所、暗いし使い勝手悪そうだし、照明と流し台は現代風のものにアップデートしてください」

はあ……。

アップデートねえ……。

「あ、そうだ。玄関の掃除をしないと。玄関こそ、家の顔って言うからね」

さすがの本倉町長も、森君の遠慮のない言《い》い様《よう》に呆《あき》れたのか、話をはぐらかして玄関の方に行ってしまった。

「南予町学問所の運営は、大変そうね、一ツ木君」

葉山さんが苦笑している。

「で、葉山さんは、敵情視察？」

ちょっと、ちょっと。

一ツ木さん、葉山さんにまた変なこと言ってる。

「敵情視察？　どういうことかしら？　まあ、視察というのは当たっている。一ツ木君の町おこしって興味があるから。そういうわけで、ラ・メゾン・南予を案内してくれる？」

「いいだろう。ついてくるといい」

そう言うと、一ツ木さんは階段の方に向かった。葉山さんも、気分を害した素振《そぶ》り一つ見せずについていく。私は慌《あわ》てて二人の後を追って階段を上った。

一ツ木さんと葉山さんは、二階の廊下に立っていた。

「一ツ木さん、葉山さんにあまり失礼なことを言うのは……」

私が声をかけると、一ツ木さんはふんと鼻を鳴らした。

「失礼なものか。葉山さんも、もう、いいかげんに言ったらどうだ。『私は、伊達町周辺の市町を潰《つぶ》しにきた』って」

ええっ⁉

なんてこと言うんですか！

私の驚いた顔を見た一ツ木さんは、やれやれというように首を振った。

「まだ判《わか》ってない？」

『判ってない』って……。以前、葉山さんの打ち出した政策を見て、一ツ木さんが「国と戦うことになった」とか言っていたのは覚えているけど……。

「この屋敷の前の持ち主は、葉山さんが勧誘して伊達町の町営アパートに引っ越させた」

一ツ木さんの言葉に、葉山さんはちょっと首をすくめてみせた。

「それがどうかした？　ここに住んでおられた方はお年のせいで、最近は買い物にも不自由していたの。伊達町の町営アパートならスーパーはすぐそばにあるし、もうすぐ松山の大病院を巡回するバスも運行を開始するから、とても住みやすいと思う。それだけのこと。それを『周辺市町を潰す』だなんて、訳《わけ》が判らない」

一ツ木さんは、また、鼻を鳴らした。

「君が欲しかったのは、同居していた姪御《めいご》さんだろ。町が消えてなくならないためには、若い女性を集めなくてはならない……これは二〇一四年に国土交通政策研究所が報告書で示唆《しさ》していることだ。『「地域消滅時代」を見据《みす》えた今後の国土交通戦略のあり方について』。当然、読んだことあるだろ」

「それで、私が若い女性を集めていると？　町が消えてなくならないようにするのは、副町長として当然の務《つと》めでしょ」

「それだけじゃない。松山の大病院や大学を巡回するバス路線を作ろうとしている。基点は伊達町だ。これで伊達町は地域の中心になり、周辺の町から人を吸い上げることができる」一ッ木さんは、ドアの一つを指さした。「……ちなみに、ここが森君の部屋だ」

葉山さんはクスリと笑った。

「森君、みんなが集まる前に、南東の一番いい部屋を手に入れたのね。こういうことって性格が出るわね」

「森君の部屋からは、春に、東の山腹に点々と咲くソメイヨシノが見える」

「素敵ね。……で、話は戻るけど、伊達町は周辺の人を吸い上げてどうするの？」

「成功すれば、近い将来に起こるだろう市町村大合併のモデルケースになる」

「それは、一ッ木君の想像？　なんだか飛躍《ひやく》が過ぎて、ついていけない」

「単なる想像じゃない。さっき言った報告書に、こんな一節がある。『人口減少によって住民が受け取るサービスが成立しなくなる可能性がある』ってね。例えば、人口が二万人以下だと、ペットショップや英会話教室。一万人以下では救急病院や介護施設。五〇〇〇人以下では一般病院、飲食店。これらの施設が成り立たず、消える可能性が高くなるというんだ。いずれ多くの自治体が、人口減少のせいで消滅する。それを避《さ》けるために、自治体内での『集住』を促《うなが》す必要があると、政府は匂《にお》わせているんだ」

「しゅうじゅう？」

聞き慣れない言葉に、私は首を捻《ひね》った。

「町の中心に住人を集めようっていう考えだよ。道路・水道・電気・通信といったインフラを一箇所《いっかしょ》に集中させることで効率化を図《はか》る。それができなければ、その地域は消滅するというんだ」

葉山さんはふっと笑った。

「それと大合併と、どう繋《つな》がるのかしら。一ツ木君が言っているのは、あくまで一研究所が出した提言じゃない？」

一ツ木さんは顎《あご》に手をやった。

「違うな。二〇一四年以降、政府は、この提言に沿《そ》った情報を継続的に出している。例を挙げれば、二〇一六年、内閣府が発表した『地域の経済２０１６』でも繰り返されている。深読みすれば、『地方自治体は合併しなければ生き残れない』と、国民の頭に刷《す》り込んでいるとも見える」一ツ木さんは、別の部屋の戸をあけた。「……ここが南の部屋。今、この部屋を使っている人はいないから、遠慮なくどうぞ」

勧《すす》められて、葉山さんは部屋の中に入った。

「いい部屋ね」

「六畳で、押し入れ付き。この部屋から南の山が見えるだろう。夜になると集落の灯《あか》りが星座のようだ」

「見てみたいな。こっちにも川沿いに桜の木があるようだけど」

「ああ。そこは春になると南予町の住人が花見をする河原《かわら》だ」

「満開になった頃に来てみようかな」葉山さんは窓から身を乗り出した。「……で、政府は、住民の集住……コンパクトシティ化……を計画していると。それって、当然じゃないのかな。このまま人口が減っていけば、今の社会インフラを維持《いじ》できるとは思えない。それに、住民一人当たりの行政コストって、人口が少なくなるほど跳《は》ね上がるって知ってるでしょ」

「もちろんだ」一ツ木さんは、南の部屋を出ると、次の間の戸を引いた。「で、こっちが西の部屋」

「港が見えるのね」

いよいよ雨が降り出したらしい。窓越しに見える漁港が、雨に煙《けむ》っている。

「ああ。雨もいいが、朝靄《あさもや》が出ている時など、とても幻想的な風景になる」

「今度、カメラ持ってこようかしら」

葉山さんは目を細めて、港を見た。

「ここからだと見えないが、あの丘の向こうに海水浴場もある。昨年復活した七夕《たなばた》祭りは、田舎町としてはなかなか大がかりなものだ。良い写真が撮れるだろう」

「それは楽しみ」海を見ていた葉山さんは、くるりと振り返った。「で、一ツ木君は、政府が出した報告書なんかを読んで、変な解釈をしたようね。どの報告書や発表でも、政府が自治体を積極的に消そうとしているなんて一言も書いてない。一ツ木君の妄想《もうそう》でしょ」

「そうかな。時系列に報告書を追っていくと、コンパクトシティについて最初は『自治体内で集住』という表現だったのが、最近『自治体内で』という言葉が削除されているように見えるんだが。つまり政府は、複数の自治体間で集住を進めようとしているんじゃないかな。もっとも、最初の提言から、そうした姿勢は見え隠れしていた」

「そうだとして、それがまずいことなの？」葉山さんは、ちらりと私の方を見た。「沢井さん、明治二十年の頃、日本にはいくつの自治体があったか知っている？」

「七万ほどかな」

一ツ木さんが代わりに答えたが、私はその数の多さに驚いた。

「当時の人口って、今よりずっと少ないですよね」

葉山さんが頷いた。

「そう。四〇〇〇万人くらいかしら。でも、さすがにそれでは自治体が多すぎると、一万六〇〇〇……約五分の一に統合したの。明治以降も少しずつ減っていったのだけど、次の大合併は昭和に起こった。その時は一万が三五〇〇……約三分の一ね。そして最近では、平成の大合併。愛媛県を例にとってみると、七〇あった市町村は二〇になったはず。結果として村は消えたわ」

「それは知っていますが、他の県もそうなのでしょうか」

「ああ」私の質問に一ツ木さんが答えた。「村が消えた都道府県はけっこう多い。子どもたちは、そのうち『村』というものが何なのか実感できなくなるだろう」

葉山さんは小首を傾《かし》げた。

「それが良くないことなの？　言ったように、明治以降、合併で自治体はどんどん消えている」

「おいおい。これから起こる自治体の統合は、今までのとは全く別のものだ。今までは、合併すなわち地域の消滅とはならなかった。だが『合併』と『コンパクトシティ』という概念《がいねん》とが合わさった時、『周辺』にされた地域は、無人になる」

え？

「一ツ木さん、そんなことにはならないですよ。例えば農業や漁業やっている人は、どうするんですか。田んぼや漁船を持って移住するなんてできないです」

「中核となった町に住んで、漁港や農地に『通勤』すればいいと考えているんだよ。既に平成の大合併の時にも考えられていたことだ」

葉山さんは、海を見ながら伸びを打った。

「会社員が通勤しているのだから、農家が通勤したっていいんじゃない？　住む場所は職場から離れていても、田畑や水路は、ネットに繋がった警備システムやカメラなどで監視できる。それに、昔とは距離と時間の意味が変わっているでしょ。昔は、住んでいる家から町の中心までの距離って、一日の間に歩いていって、何か用事をして帰ってこられる距離だったはず。今、南予町からだと、東京でも札幌《さっぽろ》でも、一日で行って帰ってくることができる。しかも、インターネットを使えば、世界と瞬時《しゅんじ》に繋がる」

「あのう……」私は、じっと海を見続けている葉山さんに質問した。「地域から人がいなくなるって……。それじゃあ、街並みは丸ごと消えてしまいます。支える人がいなくなるから、神社やお寺なんかもなくなります」

一ツ木さんが頷いた。

「そうだね。もし伊達町が周辺自治体から人を吸い上げれば、三崎さんの神社なんか、あの巫女《みこ》の舞《まい》と一緒に消えてなくなる……。酷《こく》なようだけど、政府が進めるとおりになれば、そうなる。僕は、政府の発表を前提に、頭の中でシミュレーションしてみた。このまだと、次の大合併で、愛媛は八市に統合されると思う」

葉山さんは笑みを浮かべた。

「江戸時代、愛媛……伊予《いよ》の国には、八藩しかなかったじゃない。その時の人口はいかほどかしら」

「それに留《とど》まらない。次の段階で三市になる」そう言うと、一ツ木さんは部屋を出て、階段に向かった。「踊り場の小窓からは見えにくいけど、北側には立派に植林された山がある。そこでは廃校になった小学校の校舎を合宿所として活用していて、松山や広島から来る学習塾の子らを受け入れている。その子らが山に苗木《なえぎ》を植えたり、鯉《こい》のぼりをレンタルしたりしてるのは、君も知っての通りだ。あと、麓《ふもと》には貸し農園があって、松山や宇和島の人たちも家庭菜園を楽しみにくる。小早川《こばやかわ》さんという人が管理人をやってるが、ずいぶん評判がいい」

「この町に自分の物を持つようになった人たちが南予町に親近感を持ってくれるといいわ

ね」葉山さんは背伸びして、小窓から外を覗こうとした。「……それで、一ツ木君が言うような『合併』と『コンパクトシティ化』のための政策を、国が今、計画・実行していると？」

一ツ木さんは首を振った。

「いや。政治家には地元ってものがあるから、そこまでつきつめては考えてないかもね。でも、官僚はどうだろう。集住を是《ぜ》とする人たちが、かなりいるんじゃないかとは思っている」

「どうでしょう」葉山さんは曖昧《あいまい》な笑みを浮かべた。「二階の様子は判ったから、下に降りない？」

階段を降りていくと、表の方から本倉町長の声が聞こえてきた。

「やあやあ、本山《もとやま》君だね。ようこそ南予町に！」

どうやら三人目の入居者……本山克哉《かつや》君が到着したらしい。

本山君は、ご両親の仕事の都合でアメリカに暮らしていたが、どうやってか、一ツ木さんの計画を知り、メールで学問所への入学を希望してきた。

帰国子女か……。

何かちょっと期待しちゃうな。

本倉町長に肩を抱かれるようにして玄関に入ってきた本山君は、バイクウェア姿だった。本格的に降ってきた雨でびしょ濡《ぬ》れだ。

「私の名前は本倉なんだが、君とは『本』つながりだ。実に奇縁《きえん》だね」

いやいや、本倉町長、名前に『本』の字がある人って、いっぱいいると思いますよ。

本倉町長はずいぶん馴《な》れ馴《な》れしく、本山君の肩を叩《たた》いた。

「こちらは、今日から一緒にここに住むことになる、一乗寺君と森君だ」

本倉町長に紹介された一乗寺君が「初めまして」と頭を下げた。

「森だ。よろしく」

「……こちらこそ」

本山君はヘルメットを脱いだ。

結構、かっこいい。

確か、メールで送ってきた申込書には十九歳って書いてあったが、ずいぶんしっかりした顔立ちだ。私よりも年上に見える。ラ・メゾン・南予のまとめ役になってくれるかもしれない。

本倉町長は「アメリカで何やっていたの？」とか、「バイクは日本に戻ってから買ったの？」とか、「オカルトなんかを信じる方？」などと、本山君に矢継《やつ》ぎ早《ばや》に質問している。

本山君は困惑《こんわく》した様子で、呆然《ぼうぜん》と突っ立っている。

町長として、南予町に若い人が来てくれて嬉《うれ》しいのは判るが、「オカルトなんかを信じる方?」なんて初対面の人に聞かれたら、びっくりするよ。

「まあ、ともかく上がって」

北室長が本山君にタオルを渡した。

「すみません」

本山君は、タオルで濡れたバイクウェアを拭《ふ》くと、框《かまち》に腰を下ろし、ブーツを脱ごうとした。

「本山君、バイクの荷物、濡れてますよ。先に荷物を入れたらどうでしょう」

北室長に言われて、本山君は初めて荷物が濡れていることに気づいたようだ。

本山君、案外、ぼんやりさん?

本山君は、一旦《いったん》外に出ると、大きなバッグを手に戻ってきた。雨よけのカバーをしていなかったのか、バッグからは水がしたたり落ちている。

入居初日に荷物がびしょ濡れになってしまって、幸先が悪いなんて思われなければいいのだけれど……。

「土間に置いておいていいですか」

「どうぞどうぞ」

本山君がバッグを置いた三和土《たたき》に、雨の染みが広がっていった。

その日は、雨に降られてさんざんだった。

一ツ木さんが車で役場まで送ってくれたのはいいけれど、助手席の床にも穴が開いているから、道路の水が跳ね上げられて、下半身がびしょ濡れになった。

本当に酷《ひど》い目に遭《あ》ったが、まあ、一ツ木さんに文句を言ってもしかたがないし……。

翌日の昼前、本倉町長が推進室に入ってきた。前日、ラ・メゾン・南予に来ていた女子学生、副島さんと一緒だった。

「何かご用でしょうか」

北室長が、二人にソファを勧めた。

副島さんは、北室長をきっと睨《にら》みつけた。

「今日は、清風荘の学生を代表して抗議に来ました。昨日、清風荘に帰って話し合ったのですが、みんな納得《なっとく》できないって」

やっぱり、部屋数と入居者の数が男女で不平等だっていう話だった。

気持ちは判らなくもないけれど、なぜ推進室に？　うちは入居前の清掃をやったくらいですよ。もともと、南予町学問所は有志が集《つど》ってという形を一ツ木さんが作った。町役場は、あくまで元廃校を無料貸し出ししたり、シェアハウスの仲介をするくらいだ。そのシェアハウスの大家が本倉町長なので話がこんがらがってしまったようだが……。

「それでね」本倉町長が、上目遣《うわめづか》いに北室長を見た。「シェアハウス担当の推進室で、なんとかしてくれないかと」

ええっ⁉

ラ・メゾン・南予は男性用にって、本倉町長が決めたのですよね。

いつの間に、推進室が『担当』になってるの？　なぜ、町長が招いたトラブルの後始末をしなくちゃいけないの？

「なるほど」

私は内心憤慨《ふんがい》していたが、北室長はにこにこと応対した。

「男性用と女性用、換えて下さい！　それから、引っ越す際の費用は南予町が出して下さい！」

うーん。

もう荷物を運び込み終えた男子が納得するかなあ……。引っ越し費用といったって、役場では予算なんか付けられないと思う。

困ったなあ。

その時、ドアをノックする音がした。

「あのう」と顔を覗かせたのは、ラ・メゾン・南予の一乗寺君だった。

「どうかしましたか」

北室長の問いに、一乗寺君は「いえ……。お忙しいようでしたら、待っています」と顔を引っ込めようとした。

「一乗寺君も入って聞いてよ！」

副島さんの剣幕に、一乗寺君は、恐る恐るという様子で推進室に入ってきた。

ソファに座った一乗寺君に、副島さんは、男女で不公平になっているシェアハウスについて、延々と不満を述べた。

「それで、一乗寺君は、何しにきたの？」

「あ、いや……。ラ・メゾン・南予の『開かずの間』のことで」

「開かずの間？」

「うん」一乗寺君は、ソファで背を縮《ちぢ》めた。「南予町に来た時、町の人から『あの屋敷には、入ってはいけない開かずの間がある』って聞かされたんだ。『その部屋で一晩寝たら、死者の霊《れい》に取り憑《つ》かれる』って」

「えっ……」

副島さんの顔がこわばった。

確かにねえ。

開かずの間って、怪談の定番だけど、嫌な感じがするよね。何かよくないものを封じ込めたとか……。

「誰からそのことを聞かされたのですか？」

北室長が質問すると、一乗寺君は「判りません。どこかのおじさんでした」と答えた。

「で、どの部屋が開かずの間なの？」

副島さんが一乗寺君に詰め寄った。

「それはおじさんも知らないって」

うーん。

おじさんって誰だろう。これから入居しようって時に、そんな噂《うわさ》を吹き込むなんて。

おじさんの意図《いと》は解《げ》せなかったが、一乗寺君が一昨日《おととい》、居間で寝泊まりしていた理由が判った。

どれが開かずの間なのか判らない状態だったら、どの部屋でも安心して眠れないもの。

「こんなことを気にしているのは恥ずかしいけど、やっぱり建物の持ち主である町長さんに聞いておかないといけないと思って町役場に来たら、今、推進室にいるって……」

一乗寺君、そう言いながら、相当気にしているでしょ。こわばった顔を見れば判る。

副島さんがきつい口調で「本倉町長、開かずの間の話って本当なんですか」と問いつめた。

「うん。まあ……あそこを買う時に、前の持ち主から、そんな噂は聞いていた」

「どの部屋なんです？」

「それが、どうやら噂の出どころは前の前の持ち主らしいんだ。前の持ち主は、それほどオカルト話を気にする人ではなかったし、実生活では姪御さんと二人暮らし、ほぼ二部屋しか使っていなかったから、前の前の持ち主に詳しく確かめようとは思わなかったらしい。しかし、私に売ることになって、黙《だま》ったままだとよくないからと、正直に話してくれた」

「前の前の持ち主って……」

「あの屋敷はもともと、狩野《かのう》という家系の人が受け継いできたんだが、十五年以上前、義理のご両親とご主人を事故で亡くした奥さんは、当時まだ小さかった息子さんを連れて、大阪の方に移り住んだらしい」

「じゃあ、その未亡人《みぼうじん》に聞けば、何か知ってるんじゃないですか」

「それが……。シェアハウスの大家として私も真相を確かめておきたかったのだが、どうしても連絡ができなくなっていた。電話は通じないし、手紙を送っても返事はない……」

副島さんがぶるっと体を震《ふる》わせた。

「つまり、ラ・メゾン・南予には昔、開かずの間があって、しかもそれがどの部屋なのか判らないってことですよね……」

「うん。それで、男の子なら、そんな噂を聞いても気にしないかなって、ラ・メゾン・南予を男性用にしたんだ」

ああ……。だから本倉町長は、本山君に「オカルトって信じる方?」とか聞いていたんだ。

本山君はいいかもしれないが、神経質な一乗寺君だと、開かずの間に当たる確率が五分の一だなんて割り切れないだろうな。

「北さん、どの部屋が開かずの間か、聞いたことないかな」

北室長は本倉町長の質問に「その噂自体、初耳です」と首を振った。

「一ツ木君や、沢井さんは?」

私と一ツ木さんも同じく首を振った。

本倉町長、自分の持ち家のことを、私たちに聞いても……。

「どれか判らない開かずの間……。そういうことだったんですか」途中から黙ってしまっていた副島さんが青い顔を上げた。「あのう……。さっきの提案は撤回《てっかい》します。女子は清風荘でいいです。というか、みんな、清風荘を気に入っていると思います。それでは、この件は終わりということで！　大丈夫です！　ラ・メゾン・南予に開かずの間があるなんて噂は広めないように、みんなには言っておきますから！」

一気にまくし立てると、副島さんは、そそくさと推進室を出ていった。

ああ……。

副島さんなら清風荘の住人を納得させることができるだろうが、ああ見えて、オカルトには弱いんだ……。

ともかく、清風荘の方は解決したようだが、一難去って、また一難。というか、問題がもっと複雑になってない？

「まあ、一乗寺君は不安なら、当面、居間で寝てもらうことにして……。ともかく開かずの間がどこにあるか判ればいいんだね」

北室長の質問に、一乗寺君はしばらく考え込んでいたが「ええ」と頷いた。

「他に問題点はないかな。他の学生さんたちとは上手《うま》くやっていけそう？」

「どうでしょう」一乗寺君は眉を寄せた。「森君は、開かずの間なんて信じてはいないですが、その代わり、ラ・メゾン・南予が古すぎるって文句言ってばかりです。ムカデが出れば大騒ぎするし。本山君は本山君で、風呂やトイレ掃除の役割分担を決める話し合いに、ちっとも真剣に取り合ってくれないんです」

あれ？

本山君、頼りになりそうにみえたのに。

「それじゃあ、本山君は分担の仕事もしないで、一日何をやっているの？」

「森君とは逆で、古い建物に興味があるらしいです。自分の荷も解《ほど》かずに、屋敷中、写真を撮りまくってますよ。もしかして、開かずの間の噂を聞いて、心霊写真でも撮ろうとしてるんじゃないですか」

ああ……。一乗寺君、相当参ってるな。

放っておくと、かなり深刻な事態になりそうだ。

本倉町長、どうするんだろう。

私がちらりと本倉町長を見ると、本倉町長は、すっと視線を外した。

「ま、そのうち上手く行くんじゃないかな。ともかく、ラ・メゾン・南予の件は、推進室に任せたから。よろしく」

そう言い残し、本倉町長も推進室をそそくさと出ていった。

ああ……。

本倉町長、推進室に面倒事を押しつけて逃げた……。

「沢井さん」本倉町長が出ていった後、北室長は私の名を呼んだ。「この件、沢井さんがやってくれませんか」

ええっ⁉

私が火消しするんですか⁉

いつもの北室長なら「一ツ木君、やってくれませんか」って言うはずだ。北室長の頼みとあらば、一ツ木さんは「面倒くさいなあ」って愚痴《ぐち》をこぼしながらも席を立つ。そして、私は一ツ木さんの後をついていく……。

それがお決まりのパターンだったのに。今回は「沢井さんがやってくれませんか」ですか……。

とはいえ、業務命令ならばしかたない。「がんばってみます」と、北室長に答えた。

さて……何から手をつけようか。

ひとまず一乗寺君を送り出した私は、自分の席に戻り、開かずの間について調べることにした。

町長の話からすると、大阪にいるという前の前の持ち主に聞くのは無理なようだ。

事情を知っていそうなのは、誰だろう。

副島さんが言うように、ラ・メゾン・南予について変な噂が広まったら良くない。質問するには慎重《しんちょう》を期《き》さないといけないな。

携帯を取り出した私は、山崎孝一さんの番号を呼び出した。町議会議員のドン・山崎さんなら、南予町のことには人一倍詳しいはずだ。昔は、ちょっと偏屈《へんくつ》で怖い人だったけど、息子さん一家が町に戻ってからは、よっぽど孫娘が可愛《かわい》かったのか、すっかりいいお祖父《じい》ちゃんになっている。お孫さんをベビーカーに乗せて散歩するのが日課のようだ。

「山崎さん、こんにちは。町役場の沢井です」

『ああ、久しぶりだね』

「すみません。今、お電話いいでしょうか」

『かまわんよ』

山崎さんの声は明るい。

『たいしたことじゃないんですけど、最近、私、ちょっと、開かずの間の怪談について興味が出てきて、南予町にもそういう話ってあるのかなって」

『開かずの間？　聞いたことがないな』

「そうですか。失礼しました」

『いやいや。今度、またうちに遊びにおいで』

「はい、ありがとうございます。この前見せていただいた雛祭《ひなまつ》りの人形、素晴らしかったです」

私は見えない相手に頭を下げると、通話を切った。

そうか……。

ずっと南予町に住んでいる山崎さんですら知らないのか。

ふと顔を上げると、北室長が私を見ていた。

「なるほど、電話取材ですか。私も手伝いましょう」

「それなら、矢野総務課長と、宇都宮副町長をお願いします。それから一ツ木さん……」

何やらまた外国語の本を読んでいた一ツ木さんは「え、僕も手伝うの？」と不満そうに顔を上げた。

「一ツ木さんは、富士見さんとクラークさん、それに三崎さんと、三崎さんのお父様に聞いてください」

富士見さんというのは一ツ木さんの数少ない友人だ。南予町にサテライト工房を設《もう》けている。

クラークさんは元愛媛大学の先生で、お遍路《へんろ》姿で倒れていたところを私たちが助けてあげた。その縁もあり、最近、南予町にある立派な竹林のなかの家に住むようになったのだ。何とクラークさんは、南予町学問所でボランティア教員をやってくれることになったらしい。

ともに南予町に来て日の浅い人たちだが、誰かさんは、引っ越してきたばかりの一乗寺君に、開かずの間のことを話している。富士見さんやクラークさんが噂を耳にしていないとも限らない。

「面倒くさいなあ」

一ツ木さんはため息をつきながらも、携帯を出してくれた。

さてと……。

私は、次に林さんに電話することにした。

林宏也さんは、若手の町議会議員だ。将来、町長に推《お》す声もあって、なかなか人望が厚い。山崎さんが聞けなかった噂なども耳に入れたかもしれない。

『開かずの間ねえ……。怪談ではよく出るけど、実際に南予町にあるとは聞いたことがないな。お役に立てずごめんね』

私の期待に反して、携帯からは困惑したような林さんの声が聞こえた。

『それより、春の植林の準備はできたよ』

例の、町外の子供たちに植林をさせるイベントのことを林さんは言っている。

「毎年すみません。次回もよろしくお願いします」

私は通話を切った。

ふと、コウさんの苦み走った顔が頭に浮かび、携帯のリストに指を置いた。

コウさんこと清家浩二さんは、建設会社の社員で、消防団員で、青年会員で、自治会の役員で、ご両親の農作業を手伝いながら、地区の水路整備委員を務めている。田舎の生活は一人何役もやらないと回っていかないが、コウさんほど多方面でがんばっている人はまれだ。

だが、それだけ広い交友関係を持っているコウさんをもってしても、答えは『知らない』だった。

コウさんは声を落とした。

『それより、例のタイムカプセルの件……』

「誰にも言っていませんから」

『本当？　誰にも言わないでよ』

コウさんは、ちょっと情けない声で念を押すと、通話を切った。

ええい、次！　笠崎さん！

笠崎さんは、南予町一番の実業家だ。カラオケスナックなどを経営する傍《かたわ》ら、夏になると海の家を開いたりしている。手広く事業を行なっているから、いろいろな情報が入ってくるかもしれない。

しかし、答えは『知らない』だった。

続いて、試しにお祖母《ばあ》ちゃんにも聞いてみたけど、やっぱり知らないみたいだし。消防団の団長さん、副団長さんも答えは同じだった。

もうやけで、後輩の兵頭航介君に電話をかけてみた。

兵頭君は、今は大師市という大都市に出向中で、危機管理システムを学んでいる。

「兵頭君、そっちはどう？」

『おもしろいです。さすがに大都市だけあって、設備や体制はしっかりしています。今は、それを南予町の少ない予算で、どう確保すればいいか考えているところです』

「そうなんだ。がんばっているんだね。……ところで」

私は、もう何度目か判らない質問を繰り返したが、返ってきたのはやっぱり『聞いたことないですね』という声だった。

ふと顔を上げると、受話器を置いた一ツ木さんと目が合った。

「一ツ木さんの方はどうでした？」

「富士見も富士見のところの社員も知らないらしい。クラークさんも同じく。あと、三崎さんと、お父上も結果は同じ」

うーん。

誰も知らないんだ。

もともと開かずの間なんてなかったんじゃないの？

そう疑っているところに、北室長が「沢井さん」と声をかけてきた。

「どうでした？」

「宇都宮副町長は、そんな話は聞いたことがないということです」

「やっぱり」

「でも矢野総務課長が、息子の雅彦さんから聞いたことがあるようですよ」

雅彦さんって、昨年大学を卒業して大阪の畜産《ちくさん》センターで働き始めた人だよね。今年の暮れと正月には、笠崎さんのところの姪御さんの詩織さんと、仲良くデートしている姿をよく見た。

「それでどうでした？」

「その噂を誰に聞いたかは覚えてないし、そもそも開かずの間がどの家にあるのかも判らないみたいです」

何とも心許《こころもと》ないが、少なくとも噂を聞いたことのある人が見つかった。一歩前進だ。

よし、この調子で次かけてみよう。

『ああ、結衣ちゃん、神社の石段を駕籠で上る件？』

私の幼なじみ、テッちゃんこと菊田鉄雄君の明るい声が携帯から聞こえた。テッちゃんは、最近は、三崎さんの神社の長い石段を上るのが困難な高齢者のために、担《かつ》いで上るための駕籠を作ろうと尽力《じんりょく》してくれているのだ。

いつも頼ってばかりなので心苦しいが、この際、しかたがない。

「駕籠の件はまだ。それより、テッちゃん、私、最近、開かずの間の怪談が気になってるんだけど」

『開かずの間？　なんでそんなものを？』

「うん……。なんとなく興味が出てきて」私は言葉を濁《にご》した。「ともかく、南予町にもそんな心霊スポットあるかな」

『えっと……。昔、聞いたことがある。段々畑の上にある屋敷だろ』

あ……。

初めてラ・メゾン・南予に繋がる情報に出会った！

「へえ。それ誰から聞いたの？」

興奮を抑《おさ》えて、私は質問を続けた。

『忘れたなあ。小学校に入ってすぐくらいだから』

「じゃあ、どの部屋が開かずの間なのかも判らない？」

『ごめん。持ち主に聞いてみたらどう？』

「……うん。そうする。忙しい時にごめんね」

『いいよ』

通話が切れた。

結局、いっぱい電話をかけたけど、開かずの間について少しでも知っているのは、テッちゃんと矢野雅彦さんくらいだった。

電話取材が一段落すると、一ツ木さんと北さんは、また将棋を再開してしまった。やっぱりここからは、一人でやらないといけないのかな。

そう思った時、私の携帯が鳴った。

笠崎さんからだ。

『思い出した。さっきの開かずの間のこと、姪の詩織から聞いたことがあった。それで詩織に電話してみたんだが、小学校の二年か三年の時に聞いたらしい。びっくりすることに、南予町内にあるんだそうだ』

「南予町内って……」

『北の段々畑の上に、屋敷が建ってるだろ』

「その屋敷って、本倉町長が買った？」

『そうそう』

「開かずの間がどの部屋だったか判ります？」

『そこまではな。詩織も、今の今まで、そんな話すっかり忘れていたぐらいだから』

私は笠崎さんにお礼を言うと、通話を切った。

開かずの間なんて怪しい話だけれど、複数の人が聞いたってことは、少なくとも噂は流れていたってことだよね。

ということは……うーん。

あれ……？

私の頭にふっと何かが閃《ひらめ》いた。

開かずの間の噂を聞いたことがあるのは、テッちゃん、矢野総務課長の息子の雅彦さん、それに詩織さん……。

私と同学年のテッちゃんが小学校に入った頃のことといえば、十五年くらい前。詩織さんと雅彦さんは、私より一つか二つ年長だったはず。つまり、当時の小学校低学年あたりで、開かずの間の噂が広まったんじゃないかな。

もっとも、広まったのは同世代の子たちの間だけで、上の世代の人は知らない。きっと大人は、年端《としは》のいかない子どもたちの怪談なんて耳にしても、まともに取り合わなかったのかもしれない。

開かずの間の噂って、根拠が相当怪しいぞ。

でも、逆に、そんなものはないって証明するのも難しい。

私たちが子どもの頃、あの屋敷で何が起こったのだろう。

そういえば、十五年くらい前っていうと、元々の持ち主だった狩野家の人たちが去った時期と重なるんだよね……。

結局、良い考えが浮かばないまま、私は一ツ木さんとラ・メゾン・南予に向から坂道を上った。

段々畑には、菜の花がいっぱいに咲いている。

華《はな》やかな光景だが、私の気分はちょっと重い。

一乗寺君、私の説明で、開かずの間の噂は信憑性《しんぴょうせい》に欠けるって納得してくれるかな。

そうそう、森君には、設備の改修は難しいって諦《あきら》めてもらわないといけないし。それから本山君には、ちゃんとシェアハウスの役割分担に参加して欲しいって頼まないといけない。

……なんか、こう……面倒くさいなあ……

あ、一ツ木さんの癖《くせ》がうつっちゃったかな。

私が内心で苦笑していると、ラ・メゾン・南予から見覚えのある女性の影が出てきた。

あれは……葉山さんじゃない？

「よく会うね」

一ツ木さんが声をかけた。

「敵情視察だから」

皮肉っぽく、葉山さんは応《こた》える。

「一ツ木さん、やっぱり考え違いじゃないですか。もし、葉山さんが国全体を変えようとしているのなら、伊達町の副町長になるより、総務省の真ん中にいた方が有利だと思います」

私が葉山さんを気遣《きづか》うと、一ツ木さんが馬鹿にしたように肩をすくめてみせた。

「伊達町が周辺地域を飲み込むという実績を作れば、国からの葉山さんの評価が相当に高まるじゃないか。それにしても、面倒くさいことになった。なぜ葉山さんは、わざわざ伊達町を選んだ?」

「一ツ木さん、それは、偶然じゃないですか」

「偶然なものか。葉山さんは、偶然や他人の思惑《おもわく》で左右されたりしない。計画・謀略《ぼうりゃく》・根回し……使えるものは何でも使って自分の思ったとおりに進めるタイプなんじゃないか」

一ツ木さんの言葉に、葉山さんはにっこりと笑った。

「一ツ木君、私を認めた……と思っていい？」

「それじゃあ、なぜ、伊達町なんですか」

葉山さんは一ツ木さんをじっと見つめた。

「一ツ木君、中学、高校、そして、大学の一年ちょっと、私と同期だったよね」

「覚えてないが、そうなんだろう」

「それだけ長い間、一緒だったんだから、一回ぐらい勝たせてよ」

一ツ木さんは何かじっと考えていたが、「面倒くさい人だな」とため息をついた。

「面倒くさい人にならないと、一ツ木君、私のことを覚えてくれないでしょ」

そう言うと、葉山さんは坂を下りていった。

振り返って、菜の花の中の坂道を下りていく葉山さんの背を見つめながら、一ツ木さんは「本当に面倒くさい人だ」と繰り返した。

私は、突っ立ったままの一ツ木さんを残して、ラ・メゾン・南予の門をくぐった。

本山君が、庭に道具を広げてバイクの手入れをしていた。

あれ……なんだろ。

本山君を見ていると、何か目眩《めまい》がするような気分になった。

いや……、ちょっと違う……これは、今まで頭の中でごちゃごちゃになっていたことが、すっとあるべき所にはまっていくような、そんな感じなんだ。

……何か判ったような気がする。

「本山さん」

私の呼びかけに、その人は驚いたように私を見た。

「どうしたんですか。急に『さん』づけなんて。今まで本山君って言っていたのに」

「本山さん……、下のお名前、何と仰《おつしや》るんでしたっけ？」

私の質問にその人はびくりと体を震わせた。

「何って、本山……真之《まさゆき》です」

「嘘《うそ》。ラ・メゾン・南予の入居者リストに載っていた本山君と、名前が違っているのですが」

私が指摘すると、その人は狼狽《うろた》えたように見えた。

「最初、あなたがラ・メゾン・南予に来た時、あなたが名乗る前に、本倉町長が『ややあ、本山君』とか何とか言って中に招いたから、私てっきり、あなたのことを本山君だと思ってました。あなたも、そういうことにしたかったんですよね」

その人はすっと視線を外した。

「今考えると、バイクの荷物も変でした。雨よけのカバーもせずに、ずっとバイクに括《くく》りつけてありましたよね。普通は、すぐにバイクから下ろして中に入れるんじゃないですか。そうしなかったのは、元々、すぐに帰る予定だったからではないでしょうか」

「たまたま荷物のことを忘れただけだとは思わない？」

私は首を振った。

「ラ・メゾン・南予の役割分担もそう。今までは、自分勝手な人だと思っていたけど、本人でもないのに勝手に決めては悪いと思って、先延《さきの》ばしにしていたのでしょう？」

「……じゃあ、僕は誰だと？」

「坂道のどん詰まりの屋敷にバイクで入ってきた。旅の途中というわけじゃないですよね。そして、中で写真を撮りまくっていたとも聞きました。そう、まるで思い出に残そうとするかのように……。つまり、この屋敷に深い縁があるのではないですか。年格好《としかっこう》と行動から考えると、ひょっとして、あなたは十五年以上前にこの屋敷から引っ越した、狩野さんの息子さんじゃないかって思ってしまうの」

その人は、ふっと息を吐《は》いた。

「それで、さっき僕のことを本山『さん』って呼んだんだ。僕が、沢井さんより年上だろうから」

「そうです」

「……僕の名前は、狩野真之。東京の大学の三年生だ」

「森君や一乗寺君より大人びて見えるはずですね。……この屋敷の前の持ち主の方は、狩野さんのお母様と連絡がつかなくなったって聞いていたのですが」

「母は去年の秋に亡くなった」

「……そうなんですか。それで、転送されてきた町長からの手紙を読んで屋敷の持ち主が替わることを知った狩野さんは、大学の春休みを利用して、ラ・メゾン・南予を訪れようとした」

「そう。でも来てみて判ったのだけど、見たかったのはこの屋敷だけじゃなく、南予町全部だった。僕にとっては、父がいて、母がいて……みんなが揃ってた唯一《ゆいいつ》の時間を過ごしたところだから。そうしたら町長さんが中に招いてくれた。ここでしばらく過ごせるならと、そのまま自分が本山ってことにしておこうかと」

「それで、開かずの間というのは?」

　狩野さんは、小さく笑った。

「別に開かずの間というわけではないよ。僕の叔母《おば》は、子供の頃に亡くなったんだが、祖父母は、叔母の部屋を生前のままにしていたんだ。それで、いたずらっ子の僕の友だちが泊まりにきた時、祖母が『この部屋には入っちゃいけませんよ』って言ったから」

「それで、開かずの間って噂が、その年代の子供たちに広がったのですね」

「そういうことだろう。一乗寺君は気にしているようだから、僕が出ていく時には本当のことを言おうと思っていたが」

　その時、私の携帯にメールが着信した。北室長からの転送メールだった。

　じっと画面を見つめる私に、狩野さんは「どうしたの」と聞いてきた。

「今、本物の本山君が成田《なりた》に着いたようです。これから南予町に行ってもいいかって、本倉町長に問い合わせのメールが……」

　私の言葉に、狩野さんは肩を落とした。そして、ゆっくりと振り返り、ラ・メゾン・南予を見つめた。

南予町学問所の開所式は、予定どおりに行なわれた。

その後、教室で開かれた歓迎会では、テーブルの上にお菓子や飲み物がたくさん並んでいた。南予町の人たちが寄付してくれたものだ。南予町の特産物や名物もある。

でも……森君、今、君が手を伸ばしているチョコ竹輪《ちくわ》とチョコカマボコは、食べない方がいいと思うよ。

本物の本山君は社交的な人柄で、あっという間に、みんなの輪に溶け込んだ。さすがアメリカ育ちだけあって、八十八箇所巡礼を終えて学問所のボランティア教員になってくれたエドモンド・クラークさんと、英語で楽しそうに話している。何と言っているのか、英語が苦手だった私には判らないけどね。

話の輪から離れた一乗寺君が、私のそばにやってきた。

「みんな楽しそうね」

「はい。でも、本山……いや、狩野さんもここにいたらなあって思います。せっかく友だちになれたと思ったのに」

一乗寺君が、ちょっと寂《さび》しそうに言った。

「いいじゃない。狩野さん、大学を卒業したら、もう一度、南予町学問所に入ろうかななんて言ってくれたそうだし。また会えるかも」

チョコ竹輪を口に入れた森君の顔を指さして、女の子たちが笑っていた。一乗寺君もそれを見て微笑《ほほえ》む。

「あいつも結構、いいやつですよ。ラ・メゾン・南予は、なるべくそのままの姿で残そうって言い始めましたから。狩野さんがまた戻ってきた時、がっかりさせるのは悪いからって」

へえ。

森君、いいところあるじゃない。

本倉町長は、壁紙だのシステムキッチンだの照明だのを用意しなくてすみそうだ。結局、誰が一乗寺君に開かずの間の話をしたのかは判らなかったが、収まるところに収まったようだから、ま、いいか。

ただ、新入生の輪に戻る一乗寺君の背を見ながら、森君の言ったことを考えていた私は、ふと思った。

今、そこに住んでいる人って、去っていった人に対しても責任があるのかもしれない。

私には、国や葉山さんの本当の思惑は判らない。仮に、一ツ木さんの言うとおりだったとしても、私は多分、別の方法を探すだろうな。

北室長と一ツ木さんがやってきた。二人とも、ジュースの入ったコップを手に持っている。

「一乗寺君と、何を話していたのですか」

「また、来る人の話です」私は笑って、コップを目の高さまで上げた。「ところで北さん。ひょっとしたら、あの日バイクでやってきたのが実は狩野さんだって、最初から判っていたんじゃないですか。多分、子どもの頃の面影《おもかげ》に気づいたとか」

北室長は目をぱちくりさせた。

「どうしてそんな風に思ったのですか」

「北さんが、私をこの問題の担当にしたからです。北さんは、手に余るような仕事を部下に押しつけたりする人じゃないですよね。あの時点で真相を知っていないと、根も葉もない怪談なんて、解決できるかどうか判らないはずです」

北室長は慌てたように手を振った。

「いやいや、そんなことはないです」

「あと次の日、推進室に抗議しにきていた副島さんがいる場で真相を言わなかったのは、怪談をだしにすれば女の子たちが嫌がって、男女のシェアハウスを交換してくれなんて言わなくなると思ったとか」

北室長は、さらに激しく手を振ると、その場を離れようとしていた一ツ木さんを「あっ、一ツ木君。ちょっと話があるのですが」と呼び止めた。

うーん。

話をはぐらかそうとしているな。この狸のおじさんは……。

「なんですか」

「ちょっとお願いがあるんです。副島さんの言っていたとおり、女性がもう一人増えたら、清風荘では対応できませんね。来年、また新入生も来るでしょうし。一ツ木君、新たにシェアハウスになりそうな家を探しておいてくれませんか」

一ツ木さんは、思いっきり顔をしかめた。

「北さんがそう言うなら、やっておきますが、面倒くさいですねえ。沢井さんもどんどん面倒くさい人になるし」

「えっ!?　私のこと葉山さんみたいに思ってます?」

「いや。葉山さんとは別の意味で面倒くさい。北さんも、三崎さんも……」

そう言うと、一ツ木さんは肩をすくめた。

初出

一人八役　小説NON　平成二十九年五月号
浜辺の銀河　小説NON　平成二十九年七月号
転んだ男　小説NON　平成二十九年九月号
トンネルの狭間　書下ろし
既視の紳士　小説NON　平成二十九年十一月号
大吉を引く女　小説NON　平成三十年一月号
また、来る人　小説NON　平成三十年三月号

本作品はフィクションです。実在の個人・団体などとはいっさい関係ありません。

浜辺の銀河　崖っぷち町役場

一〇〇字書評

切り取り線

購買動機（新聞、雑誌名を記入するか、あるいは○をつけてください）	
□（　　　　　　　　　　）の広告を見て	
□（　　　　　　　　　　）の書評を見て	
□ 知人のすすめで	□ タイトルに惹かれて
□ カバーが良かったから	□ 内容が面白そうだから
□ 好きな作家だから	□ 好きな分野の本だから

・最近、最も感銘を受けた作品名をお書き下さい

・あなたのお好きな作家名をお書き下さい

・その他、ご要望がありましたらお書き下さい

住所	〒				
氏名		職業		年齢	
Eメール	※携帯には配信できません	新刊情報等のメール配信を 希望する・しない			

この本の感想を、編集部までお寄せいただけたらありがたく存じます。今後の企画の参考にさせていただきます。Eメールでも結構です。

いただいた「一〇〇字書評」は、新聞・雑誌等に紹介させていただくことがあります。その場合はお礼として特製図書カードを差し上げます。

前ページの原稿用紙に書評をお書きの上、切り取り、左記までお送り下さい。宛先の住所は不要です。

なお、ご記入いただいたお名前、ご住所等は、書評紹介の事前了解、謝礼のお届けのためだけに利用し、そのほかの目的のために利用することはありません。

〒一〇一 - 八七〇一
祥伝社文庫編集長　坂口芳和
電話　〇三（三二六五）二〇八〇

祥伝社ホームページの「ブックレビュー」からも、書き込めます。

http://www.shodensha.co.jp/bookreview/

祥伝社文庫

浜辺《はまべ》の銀河《ぎんが》　崖《がけ》っぷち町役場《まちやくば》

平成30年5月20日　初版第1刷発行

著　者　川崎草志《かわさきそうし》
発行者　辻　浩明
発行所　祥伝社《しょうでんしゃ》
東京都千代田区神田神保町3-3
〒101-8701
電話　03（3265）2081（販売部）
電話　03（3265）2080（編集部）
電話　03（3265）3622（業務部）
http://www.shodensha.co.jp/

印刷所　萩原印刷
製本所　ナショナル製本

Printed in Japan ©2018, Soushi Kawasaki ISBN978-4-396-34416-0 C0193

〈祥伝社文庫　今月の新刊〉

渡辺裕之
追撃の報酬　新・傭兵代理店
平和活動家の少女がテロリストに拉致された。藤堂らはアフガニスタンに急行するが……。

川崎草志
浜辺の銀河　崖っぷち町役場
総務省から出向してきた美人官僚が、隣町の副町長に。隣町との生き残り戦争が始まる⁉

近藤史恵
スーツケースの半分は
さぁ、〝新しい私〟に出会う旅に出よう。心にふわっと風が吹く、幸せをつなぐ物語。

西村京太郎
十津川警部捜査行　恋と哀しみの北の大地
特急おおぞら、急行宗谷、青函連絡船――。旅情あふれる北海道のミステリー満載！

坂井希久子
虹猫喫茶店
〝お猫様〟至上主義の店には訳あり客が集う。寂しがり屋の人間と猫の不器用な愛の物語。

草凪　優
金曜日　銀座　18:00
銀座・コドリー街。男と女が出会い、喜悦の声を上げる――。情欲そそる東京恋物語。

経塚丸雄
まったなし　落ちぶれ若様奮闘記
御家再興を目指す元若様の屋敷周辺に怪しい影が……。問題山積、されど前向き時代小説！

今村翔吾
菩薩花　羽州ぼろ鳶組
「大物喰いだ」追い詰められた火消の起死回生の一手。不審な付け火と人攫いに挑む！

辻堂　魁
修羅の契り　風の市兵衛　弐
共に暮らし始めた幼き兄妹が行方不明に。市兵衛は子どもらの奪還に全力を尽くすが……。